Judith Burger

Roberta verliebt

JUDITH BURGER ist 1972 in Halberstadt geboren und lebt seit über zwanzig Jahren in Leipzig. Nach ihrem Studium der Kultur- und Theaterwissenschaften 1991 arbeitete sie lange Zeit als Werbetexterin. Seit einigen Jahren ist sie redaktionelle Mitarbeiterin bei MDR Kultur. Außerdem schreibt sie Radio-Features. Ihr 2018 erschienenes Debüt *Gertrude grenzenlos* wurde von Presse und Lesern begeistert aufgenommen.

ULRIKE MÖLTGEN, geboren 1973 in Wuppertal, hat in ihrer Heimatstadt Kommunikationsdesign studiert und bei Wolf Erlbruch ihr Diplom gemacht. Inzwischen sind von ihr über fünfzig Bilderbücher erschienen, die mehrfach ausgezeichnet wurden. Sie lebt mit ihrem Sohn Konrad und ihrer Hündin Maja auch heute noch in Wuppertal.

MIX
Papier aus verantwortungsvollen Quellen
FSC® C089473
www.fsc.org

1. Auflage 2019

Umschlag und Illustrationen von Ulrike Möltgen
Vermittlung: Agentur Susanne Koppe, Hamburg
Druck und Bindung: Druckerei Beltz, Bad Langensalza
www.gerstenberg-verlag.de
ISBN 978-3-8369-6016-8

Judith Burger

Roberta verliebt

Mit Bildern
von Ulrike Möltgen

GERSTENBERG

1. Kapitel

Seit ein paar Stunden bin ich verliebt. Ich bin mir sicher. Obwohl ich bisher nicht wusste, wie sich das anfühlt, bin ich mir GANZ sicher. Er heißt Felix und ist der Neue im Zeichenkurs. Er kam rein – und der ganze Raum war voll von ihm. Also ich meine, eher so, als wäre er ganz allein im Raum gewesen und alle anderen weg. Er stand einfach so da und hat nichts gesagt. Ich hab ihn angestarrt, das hat er aber nicht gemerkt. Er hat die ganze Zeit auf den Boden geschaut und einfach nix gesagt. Er ist kein bisschen wie die anderen Jungen, die ich kenne: Einige sind albern und lachen viel, andere wiederum sind langweilig und ein paar Jungen aus meiner Klasse sind Angeber. Aber bei diesem Felix weiß ich überhaupt nicht, wie er ist. Er ist ein großes Geheimnis.

Irgendwann bin ich aufgestanden und wollte ihm unser Regal mit den Bleistiften zeigen. Wir haben viele Bleistifte mit unterschiedlich harten und weichen Minen. Das muss er ja wissen, wenn er zeichnen will. Doch Felix hat sich gleich zur Seite gedreht. So von mir weg. Er ist schüchtern, natürlich! Und dann hat er etwas Unglaubliches gemacht. Er hat sich Wasserfarben genommen. Wasserfarben, in so einem Tuschkasten! Kein Mensch im Kurs malt mit Wasserfarben, denn das ist eigentlich was für Babys. Aber er hat es

gemacht. Einfach so. Wie selbstverständlich. Wahrscheinlich hätte er auch Kartoffeldruck machen können und immer noch gut dabei ausgesehen. Er sieht wahnsinnig gut aus. Er hat einen Seitenscheitel und auf der einen Seite sind die Haare länger. Wenn er sich vorbeugt, rutschen die Haare vor sein Gesicht. Und wenn er aufschaut, schüttelt er die Haare mit einer Kopfbewegung wieder nach hinten, sie sind blond und glänzen im Licht.

Als der Kurs zu Ende war, ist er gleich aufgestanden, hat sich nicht verabschiedet und zack, weg war er. Und dann bin ich auf die Straße gelaufen und hab ihm hinterhergesehen. Er ist nicht in meine Richtung gegangen, leider. Er hatte die Hände in den Taschen, und wenn er läuft, federt er mit den Fersen. Ich hab einfach so dagestanden und ich wusste, jetzt fängt mein Leben noch mal ganz neu an. Ich hab ihm so lange hinterhergesehen, bis er verschwunden war. *Felix, Felix, Felix,* hab ich nur gedacht. Jetzt muss ich immer an ihn denken, überall und zu jeder Zeit, sogar auf dem Klo.

»Roberta, jetzt sei bitte wieder normal!« Mama ist genervt. Sie packt den Einkauf aus der Tasche und hat Falten auf der Stirn. Kein guter Zeitpunkt. Aber es geht nicht anders. Ich war mir noch NIE SO SICHER.

»Eine Elfjährige kann sich nicht verlieben, nicht so! Nicht mit elf! Das geht rein physisch nicht.«

Hört sie mir eigentlich zu? Wahrscheinlich hat sie längst vergessen, wie sich das anfühlt, verliebt zu sein.

»Aber ich bin bald zwölf, ich bin schon in der sechsten Klasse«, erinnere ich sie. »Was ist rein physisch?«

Mama stöhnt. »Physisch heißt körperlich, also was mit deinem Körper zu tun hat. Aber dein Körper ist noch gar nicht groß genug, um sich zu verlieben. Der weiß gar nicht, wie das geht.«

Ich gucke an mir runter. Alles, was ich hier sehe, ist also physisch. Aber darum geht's doch gar nicht. Sich verlieben, das ist doch im Herzen drin. Und vor allem im Kopf, weil ich immer wieder an ihn denken muss, dieser Felix ist die ganze Zeit da drin. Physisch, hm. Also meine Beine, die gehören zu meinem Körper. Aber wenn ich mich verliebe, ist es doch völlig egal, wie meine Beine sind, ob lang oder dick oder beides.

Na gut, ein bisschen ist das Verlieben auch im Bauch drin. Das hab ich schon gemerkt, weil es kitzelt. Aber man kann es nicht sehen. Das geht bei der Liebe nicht. Man kann nicht den Arm anspannen, einen dicken Bizeps zeigen und sagen: »Schau, so sehr verliebt bin ich.« Wenn man verliebt ist, dann sieht man das nicht am Körper. Man kann es nur fühlen. Und wenn man nichts sagt, dann merkt es wahrscheinlich keiner. Man muss das Verliebtsein gut beschreiben, damit der andere es versteht. Mama hat es noch nicht verstanden.

Ich baue mich vor ihr auf. Ich stell mich auf die Zehenspitzen, ich nehme ihr Gesicht in meine Hände und sage ganz laut und mit Bestimmtheit: »Ich bin verliebt. Und wenn Felix mich nicht will, ist mein Leben zu Ende.«

»Schluss jetzt!« Mama stöhnt und schaltet den Herd an. Ich geh in mein Zimmer und lass mich auf das Bett fallen. Von wegen, sich verlieben geht mit elf nicht. Von wegen. Ich bin verliebt, ich bin es, ich muss es doch schließlich wissen!

Wenn man so verliebt ist wie ich, dann liegt man abends im Bett und kann nicht einschlafen. Ich habe die ganze Zeit Felix vor Augen. Aber nicht richtig. Leider kann ich mich nicht mehr ganz genau an sein Gesicht erinnern. Ich habe nur so einen verwischten Umriss im Kopf. Bestimmt, weil ich ihn noch nicht so lange kenne. Weil ich ihn noch nicht lang genug angesehen habe. Ich muss es schaffen, ihn mal mindestens eine Stunde lang ununterbrochen anzuschauen. Einfach nur anschauen. Welche Farbe seine Augen haben. Ob er Grübchen hat, wenn er lächelt. Ob er auf der Stirn solche Furchen bekommt, wenn er nachdenkt. Ob er rot wird, wenn er sich schämt. Lacht er über Witze ganz laut oder eher leise? Singt er manchmal

vor sich hin, ohne es zu merken? So wie Hedi das macht? Beim nächsten Malkurs mach ich das, Felix ganz lange anschauen! Damit sein Gesicht bei mir ins Gehirn geht und dort bleibt. Und: Ich brauche ein FOTO von ihm!

Ohne ein Foto von Felix kann ich nicht mehr weiterleben. Mein Herz bummert, wenn ich in Gedanken in den Zeichenraum spaziere und mir vorstelle, wie er dort am Tisch sitzt.

Blöd ist, dass der Kurs nur ein Mal pro Woche stattfindet. Das bedeutet, ich muss jetzt eine Woche warten, bis ich ihn wiedersehe. Eine ganze Woche! Und es ist natürlich klar, dass ich das nicht aushalte! Ob Felix überhaupt merkt, dass ich die ganze Zeit ununterbrochen an ihn denke? Aber ich habe eine Idee, wie ich etwas über ihn herausfinden kann. Mir ist eingefallen, dass wir ja den gleichen Zeichenlehrer haben: Leo. Bei ihm könnte ich etwas über Felix erfahren. Vielleicht, wo er wohnt oder auf welche Schule er geht. Zufällig weiß ich, dass Leo noch einen anderen Kurs gibt, mit älteren Schülern. Die sind schon vierzehn Jahre alt oder so! Das ist der nächste Schritt: Ich muss Leo treffen. Blöd ist nur, dass ich nicht weiß, an welchem Tag der andere Kurs stattfindet. Also werde ich jeden Tag vor dem Haus des Kinder- und Jugendtreffs warten, bis er kommt. Das werde ich tun. Das ist allemal besser, als zu Hause rumzusitzen.

Mama guckt zur Tür herein und sieht irgendwie belustigt aus, als hätte ich vorhin Witze gemacht. »Hast du dich wieder beruhigt?«, fragt sie.

Ich gucke sie an und sage nichts. Ich bin alles andere als ruhig. Witzig ist das gleich gar nicht. Ich bin verliebt. So ist das. Sie kann das witzig finden, ich finde das jedenfalls nicht.

2. Kapitel

»Warst du schon mal verliebt?«, frage ich Marlene in der Pause.

»Klar«, sagt Marlene.

Ich könnte sie umarmen. »Dann kennst du das. Also, dass plötzlich alles ganz anders ist!«

Marlene dreht mit einem Zeigefinger eine lange Haarsträhne auf ihrer Schulter und runzelt die Stirn. Mir fällt plötzlich auf, dass Marlene viel älter als ich aussieht. Da bin ich auf einmal irgendwie neidisch. Ich komme mir ganz klein vor.

»Wie meinst du das?«, fragt Marlene.

»Na, das Verliebtsein.« Ich werde rot, richtig rot. Wer weiß, was Marlene jetzt von mir denkt. »Na, wenn man einen immerzu angucken will, aber dann geht das nicht, weil man dabei total verrückt wird.«

Marlene lacht. »Weiß nicht. Ich finde Anton aus der A ganz süß.«

Ich bin auf der Stelle enttäuscht. Ganz süß finden, das ist doch kein Verliebtsein. Aber ich sage lieber nichts, denn Marlene guckt mich so komisch an.

Kaum ist die Schule aus, geh ich erst nach Hause, stell meinen Schulrucksack ab und geh gleich wieder los. Den Weg zum Kinder- und

Jugendtreff kenne ich ganz genau, jede Ecke. Ich gehe schon ein paar Jahre zum Zeichenkurs, weil Mama mich da irgendwann angemeldet hat. Sie hat sich damals Sorgen gemacht, dass mit mir etwas nicht stimmt, weil ich immer Bilder gemalt habe, die nur aus Punkten, Strichen und Kringeln bestehen. Das mag ich. Aber Mama hat gedacht, ich solle lieber das, was ich sehe, auch so malen, wie es aussieht. Oder es zumindest versuchen, und deswegen hat sie mich zu Leo gebracht. Aber Leo hat damals nur gelächelt, sich den Bart gestrichen und gesagt: »Alles in Ordnung, Frau Bansin, Roberta guckt eben anders.« Und dann hat er noch etwas gesagt, das hat sich Mama an den Kühlschrank gepinnt: »Kunst gibt nicht nur das Sichtbare wieder, sie macht auch sichtbar.« Das heißt so viel wie, man kann eigentlich alles malen, was man will und wie man will, man kann sogar das malen, was keiner sieht, was man sich nur ausgedacht hat. Das gefällt mir.

Wenn ich zum Kinder- und Jugendtreff will, muss ich unsere Straße ganz nach vorn laufen bis zur Hauptstraße. Dort an der Ecke ist ein kleiner Gemüseladen. Hier arbeitet Sayed, der schenkt mir manchmal einen Apfel oder eine Mohrrübe. Manchmal ist der Apfel schon etwas matschig an einer Stelle, aber das macht ja nichts. Die Leute wollen solche Äpfel nicht mehr kaufen, aber essen kann man sie immer noch. Sayed holt dann ein Messer, das immer neben seiner Kasse liegt, schneidet die matschige Stelle heraus und gibt mir den Rest. Heute winke ich nur kurz in den Laden, ich habe keine Zeit. Gegenüber vom Gemüseladen ist ein kleines Café, da war ich schon mal mit Mama drin. An dem einen Tisch steht eine Stehlampe mit Fransen am Lampenschirm. Manchmal, wenn es die Kellnerin nicht sieht, flechte

ich kleine Zöpfe in die Fransen. In der nächsten Straße hat einer die Häuser besprüht, der sich Foffo nennt, jedenfalls hat er alles mit diesem Namen unterschrieben. An einer Wand steht: *Ihr seid ja ale strunzblöde* Das finde ich lustig, aber *ale* ist falsch geschrieben. An einer anderen Stelle steht: *Immer schön lieb sein* und *Mehr Vitamin Z.* Keine Ahnung, was das bedeutet, Vitamin Z gibt es, glaube ich, nicht. Ich weiß, dass sich die Leute, die hier wohnen, immer sehr aufregen, wenn Foffo mal wieder was gesprüht hat. Manchmal kommt einer und beseitigt Foffos Graffitis, aber irgendwann steht sowieso wieder was Neues da. In dem einen Haus gibt es eine schöne, bunte Tür. Sie hat leuchtend blaue Vierecke und drumherum ist sie weiß und rosa. Und an den Rändern sind lauter kleine Blumen draufgemalt. Gleich neben der Tür wohnt eine Frau, die guckt fast immer aus dem Fenster. Ich glaube, sie passt auf, dass Foffo nicht die schöne bunte Tür besprüht. Sie hat an ihrem Fenster Autospiegel angebracht, sodass sie wahrscheinlich alles sehen kann, was auf dem Fußweg passiert, auch wenn sie drinnen auf dem Sofa sitzt.

Nun sitze ich auf der kleinen Mauer, die vor dem Kinder- und Jugendtreff steht. Ich will einfach auf Nummer sicher gehen. Ich habe mir ein Buch mitgenommen, denn ich weiß, es kann länger dauern, ich brauch Geduld. Und ich gedulde mich. Aber lesen kann ich trotzdem nicht, denn dazu fehlt mir die Ruhe. Meine Augen gucken zwar ins Buch und gleiten mechanisch von Zeile zu Zeile, aber in Gedanken bin ich nur bei Felix. Das, was ich lese, kommt gar nicht in meinem Kopf an. Also verbringe ich meine Zeit nur mit Warten. Warten heißt ja so viel wie Nichtstun. Ich warte. Ich sitze und warte.

Ich starre in die Luft und warte. Ich warte und denke an Felix. Je länger ich hier sitze, desto kälter wird mein Hintern. Wenn keiner guckt, stehe ich auf, reibe mir den Hintern und hüpfe auf und ab. Der Fußweg ist voller bunter, glitschiger Blätter. Kinder gehen in den Treff hinein, andere kommen heraus. Sie gehen zum Tanzen oder zur Skateboard-Rampe oder in die Theater-AG. Plötzlich steht Vanessa vor mir. Vanessa besucht den Kinder- und Jugendtreff schon viel länger als ich und ich kann sie nicht leiden.

»Was machst du hier?«, fragt sie. Schon allein die Frage. Das geht sie doch nichts an. Und das sage ich dann auch.

Vanessa guckt bedient. Aber sie sieht immer gut aus. Bestimmt

geht sie zum Theaterkurs und spielt die Prinzessin, weil sie die Schönste ist. Bestimmt, ich weiß es.

»Nessie, kommste?«, ruft es von hinten.

Nessie! Ist das ihr Spitzname? Wie das Ungeheuer von Loch Ness, grün, gefährlich und mit langem Hals. Ob sie ihren Spitznamen mag? Ist mir egal. Jedenfalls darf sie nicht wissen, dass ich in Felix verliebt bin. Auf keinen Fall! Sie könnte darüber lachen und das wäre schrecklich. Ich kann nur Mama und Hedi erzählen, dass ich verliebt bin. Und dabei weiß es Hedi noch nicht mal, obwohl sie meine beste Freundin ist.

Ich warte. Die Stunden vergehen. Kinder kommen, Kinder gehen. Ich lass mir davon die Laune nicht verderben. Ich warte. Ich habe so ein schönes Gefühl in mir, das mich bei Laune hält. Wie eine kleine Heizung in mir drin, an die ich mich innerlich anschmiege. So, als hätte ich mit einem Mal Superkräfte gekriegt. Das klingt verrückt, aber so ist es. Ich hatte ja bisher keine Ahnung davon!

Irgendwann geht Vanessa wieder an mir vorbei. Wahrscheinlich geht sie nach Hause. Sie sagt nichts. Sie guckt nur mit so einem blöden Seitenblick zu mir rüber. Als ob sie eingeschnappt ist. Meinetwegen. Aber von Leo keine Spur. Er gibt also keinen Kurs heute. Und langsam ist Abendbrotzeit. Ich muss nach Hause. Auf dem Heimweg kriege ich Lust, lauter Fs an die Häuserwände zu malen. Dann würde jeder denken, das F ist von Foffo, aber in Wirklichkeit ist es eine Felix-Spur, nur für mich. Ich habe nichts zum Malen, keine Kreide oder so was. Aber egal, diese Spur ist ja in mir drin. Der Weg von zu Hause zum Kinder- und Jugendtreff ist für mich ab jetzt

untrennbar mit Felix verbunden, denn immer, wenn ich hier entlanglaufe, habe ich das Gefühl, dass er gleich um die Ecke kommt. Allein das ist ja zum Verrücktwerden!

Zu Hause ist Mama schon da. »Hedi hat angerufen, sie dachte, ihr hättet heute eine Verabredung.«

Ich habe vergessen, dass ich heute mit Hedi verabredet war! Das ist mir noch nie passiert. Ob das an meinem Verliebtsein liegt? Hedi kenne ich schon, so lange ich lebe. Sie war früher Sängerin am Theater, Mama hat da mal in ihrer Freizeit im Chor gesungen, aber das macht sie schon lange nicht mehr. Für so was hat sie keine Zeit mehr, sagt sie. Hedi hat oft auf mich aufgepasst, als ich klein war. Zum Beispiel, als ich Windpocken hatte und Mama wieder arbeiten musste. Heute muss Hedi natürlich nicht mehr auf mich aufpassen, aber ich besuche sie ganz oft. Sie ist ein bisschen wie eine Oma. Aber sie will auf keinen Fall Oma genannt werden.

»Meld dich mal bei ihr, eine ältere Dame lässt man nicht warten«, sagt Mama. Mama macht Abendbrot. Schon wieder. Jeden Abend macht Mama Abendbrot. Mir kommt das plötzlich so nebensächlich vor. Eintönig. Belanglos. Wie kann sie jetzt ans Essen denken? Es gibt doch viel Wichtigeres!

Wenn man verliebt ist,
hat man irgendwie keinen richtigen Hunger mehr.

»Hast du gar keinen Hunger?«, fragt Mama, als wir am Tisch sitzen.

»Nee, hab ich nicht.«

»Aber krank wirst du nicht?« Besorgt legt mir Mama ihre Hand auf die Stirn. Sie hat es immer noch nicht verstanden.

»Ich bin nicht krank! Ich bin verliebt!«

Mama lässt die Gabel fallen.

»Roberta, jetzt reiß dich aber zusammen! So langsam geht mir das auf den Keks.«

Ich stehe auf, renne in mein Zimmer und knalle die Tür zu. Das hab ich noch nie gemacht. Das Geräusch davon hängt noch lange in meinem Kopf. Mama kommt nicht. Ich glaube, sie traut sich nicht. Erst als ich im Bad die Zähne putze, kommt sie.

»Roberta«, sagt sie. Mit so einer weichen Stimme. Aber sie versteht es immer noch nicht, das sehe ich ihr gleich an. Sie hat dieses Schwamm-drüber-Gesicht. Ich tu auch so, als ob nichts gewesen wäre, und merke, dass sie erleichtert ist. Sie fragt auch nicht weiter nach. Stattdessen fragt sie mich, ob ich noch mit fernsehen will. Das macht sie sonst nie. Sie hat ein schlechtes Gewissen. So einfach lass ich mich aber nicht kaufen.

Ich gehe ins Bett, obwohl ich sowieso nicht schlafen kann. Ich liege da und lausche, ganz leise sind die Fernsehgeräusche zu hören, Leute reden, eine Frau kreischt, dann kommt Musik. Fernsehen, früher hätte ich mich darum gerissen, abends noch fernsehen zu dürfen, doch jetzt ist es mir egal. Es reicht mir, einfach hier zu liegen und an Felix zu denken. Ich denke so sehr an ihn, dass man es, glaube ich, noch vom Mond aus sehen könnte. Bestimmt kann man vom Weltall aus über dem Haus, in dem ich hier im Bett liege, einen warmen roten Fleck sehen. Das kommt davon, weil ich so sehr an Felix denke. Lächelnd drehe ich mich auf die Seite. Vom Bett aus kann ich

den Mond am Himmel sehen. Ich weiß nicht, wie viele Stunden ich noch wach liege. Die Luft, die durch das geöffnete Fenster hereinkommt, riecht anders als sonst. Alles ist anders. Ich glaube, ich kann nie wieder wie früher sein.

Wenn man verliebt ist, braucht man auch weniger zu schlafen.
(Weniger schlafen und weniger essen,
eigentlich ganz schön praktisch.)

Ich wusste nicht, dass ein Wochenende so viele Stunden haben kann. Donnerstag und Freitag habe ich Leo nicht mehr im Treff gesehen, also konnte ich ihn auch nicht über Felix ausfragen. Ich bin das Stückchen Straße, auf der ich Felix letzten Mittwoch nach Hause gehen sah, stundenlang auf und ab gelaufen. Ich hab gehofft, ich treffe ihn dort. Rein zufällig. Aber Zufälle gibt's wohl nicht oder ich war nicht zur richtigen Zeit am richtigen Ort. Das muss man wohl, wenn man einen Zufall erleben will. Also habe ich immer noch nichts herausgekriegt. Und das Schlimmste – ich kann mit niemandem reden. Ich glaube, wenn man verliebt ist, muss man darüber REDEN. Weil man das Gefühl dann besser aushalten kann und weil es dann schöner wird. Doch Mama kommt zum Reden nicht infrage, und Marlene hat ja auch so komisch reagiert. Ich glaube, sie hat echt keine Ahnung vom Verliebtsein. Ich bin wohl die Erste bei uns, die es trifft. Ich muss aber mal mit jemandem reden, der sich damit auskennt. Ich muss Hedi besuchen. Wenn sich jemand mit dem Verliebtsein auskennt, dann sie. Sie hat schließlich über das Verliebtsein gesungen, früher am Theater, das hat sie mir oft genug erzählt.

3. Kapitel

Heute ist Montag. Neue Woche, neues Glück! Es ist noch kälter geworden. Ein kleiner Herbstwind tanzt um mich herum, während ich wieder vor dem Kinder- und Jugendtreff warte. So schnell gebe ich nicht auf. Selbstverständlich. Und dieses Mal hab ich Glück. Ich erkenne Leo mit seinem riesigen Bart schon von Weitem. Ständig muss sich Leo an seinen Bart fassen, ich glaube, er stört ihn eigentlich ein bisschen. Aber wahrscheinlich traut er sich nicht, ihn abzurasieren, weil er schon so lang ist. Das überlegt man sich zweimal. Denn so schnell wird er nicht wieder so lang, wenn er einmal ab ist.

»Leo!«, rufe ich laut. »Leo!« Ich renne ihm entgegen und das ist eigentlich albern, weil er sowieso in wenigen Sekunden bei mir gewesen wäre.

Wenn man verliebt ist, hat man einfach keine Geduld. (Das ist mir auch schon aufgefallen, als ich vor dem Kinder- und Jugendtreff auf Leo gewartet habe.)

»Roberta?«

»Wir haben doch diesen Neuen, im Kurs …«, falle ich mit der Tür ins Haus.

Leo schaut in sich hinein und streicht mit der Hand über seinen Bart. Von oben nach unten, immer wieder, als ob er an ihm zieht.

»Du meinst Felix?«

»Kannst du mir sagen, wo er wohnt?«

Leo guckt nicht mehr in sich rein, sondern mich an.

»Warum?«

»Ich will ihm bloß seine Jacke bringen, er hat sie letztes Mal vergessen.« Das ist gelogen, aber es ist ja nur eine Notlüge.

»Er braucht doch seine Jacke! Bei dem Wind«, füge ich hinzu.

Und genau in dem Moment fährt ein Windstoß durch uns durch und bringt bunte Blätter mit. Leo grinst mich an und hält seinen Bart fest, damit er nicht wegfliegt. Plötzlich hebt er die Hand, weil er jemanden sieht, der anscheinend hinter mir steht. Ich glaub, seine Augen wechseln die Farbe. Er lacht. So hab ich ihn noch nie lachen gesehen. Ich dreh mich um und sehe eine Frau am Eingang des Treffs stehen. Sie strahlt genauso. Ich starre Leo an und da dämmert es mir. Er auch. Leo ist es auch! Ganz eindeutig. Seine Mundwinkel reichen fast bis hinauf zur Stirn, so breit lächelt er, und sein Bart bewegt sich auch dabei. Und ich merke sofort, dass ich jetzt eigentlich überflüssig bin. Ich könnte ihm sonst was erzählen, er würde es gar nicht hören. Aber wenn Leo auch verliebt ist, dann muss er mich doch verstehen! Ich beuge mich verschwörerisch vor, greife seinen Arm und sage mit flehender Stimme:

»Es ist unheimlich wichtig, Leo. Bitte gib mir seine Adresse.« Ich gucke ganz bedeutungsvoll. Doch Leo nimmt mich bei den Schultern: »Also, das wüsste ich eigentlich, wenn Felix seine Jacke vergessen hätte«, und schiebt mich einfach zur Seite.

Woher sollte Leo wissen, wenn Felix was vergisst? Geht doch gar nicht. Oder doch? Vielleicht hat Leo jetzt auch Superkräfte, wo er verliebt ist. Wie ich, seit ich in Felix verliebt bin. Ich fühle mich viel stärker als sonst, viel stärker!

»Dann gib mir doch seine Jacke, ich bringe sie ihm«, sagt Leo.

Jetzt überlege ich krampfhaft, was ich sagen soll. Ich kratz mich

am Kopf und schaue angestrengt in die Luft, doch Leo ist mit seinen Gedanken schon längst wieder bei der Frau, die dort steht.

»Ich muss jetzt schnell los. Bis Mittwoch, Roberta.«

Weg ist er. Weil er es wahrscheinlich nicht abwarten kann, zu dieser Frau zu gehen, die da steht. Er ist eben auch gerade ungeduldig, weil er verliebt ist. Das verstehe ich gut, ich weiß ja, wie sich das anfühlt. Aber ich, ich muss nun schon wieder warten.

»Wer so seufzt, muss sich doch was von der Seele reden!«, sagt Hedi und streichelt mir über die Wange. Ich hab gar nicht gemerkt, dass sie zu mir ins Zimmer gekommen ist. Ich schaue durch das Fenster hinaus, starre in die Luft. Die Gardine breitet einen Schleier über den hellgrauen Himmel. Sie macht das Licht irgendwie anders. Das Licht fühlt sich leise an. Es erinnert mich an den Sommer, ans Schwimmbad, wenn nach dem Tauchen noch Wasser im Ohr ist und sich das Geschrei der anderen plötzlich so anhört, als wäre es viel weiter entfernt. So ähnlich sieht das Licht aus, das jetzt in Hedis gemütliches Zimmer dringt.

»Man könnte meinen, du bist unglücklich verliebt!«

Ich wusste, dass Hedi sich damit auskennt!

Ich nicke und sage:

»Aber noch bin ich erst elf!«

»Na und? Steht irgendwo geschrieben, dass man sich erst ab einem gewissen Alter verlieben darf?« Hedi lächelt.

»Er heißt Felix, er ist wunderschön, er ist sehr schüchtern und ich habe ihn in meinem ganzen Leben überhaupt erst einmal gesehen. Sonst weiß ich nichts über ihn.«

MADAMA
BUTTERFLY

»Felix! Das bedeutet der Glückliche!«, ruft Hedi. »Er sollte glücklich darüber sein, dass du in ihn verliebt bist.« Dann wiegt sie den Kopf hin und her: »Ein schwieriger Fall, aber nicht unlösbar. Wo hast du diesen Felix denn gesehen?«

»Im Zeichenkurs. Er ist neu dort.«

»Aber dann siehst du ihn ja wieder, beim nächsten Kurs.«

Ich lass mich auf die Couch fallen: »Aber das dauert noch TAGE!«

Hedi guckt mitfühlend. »Wie viele Tage sind es noch?«

»Zwei.«

»So lange hast du schon ausgehalten?«

Aldo springt zu mir und wedelt mit seinem Schwanz. Ich streichele ihn und sofort werde ich wieder ruhiger. Er kringelt sich neben mir ein und legt die Vorderpfoten auf meinen Schoß, dann schaut er mich mit seinem traurigen Hundeblick an.

»Ich weiß nicht einmal, welche Farbe Felix' Augen haben.«

Doch Hedi winkt ab.

»Weil er dich nicht angeguckt hat. Weil er schüchtern ist, ist ja klar. Du musst also beim nächsten Zeichenkurs dafür sorgen, dass er dich anguckt.« Hedi klatscht in die Hände. »Da haben wir doch schon mal ein Ziel!«

»Und wie geht das?«, frage ich.

»Du musst seine Aufmerksamkeit erregen«, sagt Hedi. Sie guckt mich einmal von unten nach oben an. »In diesem Aufzug würde dir das mühelos gelingen.«

Ich habe mich verkleidet. Bei Hedi verkleide ich mich oft. Sie hat einen Schrank, der geht über eine ganze Wand und die Tür kann

man zur Seite schieben. Und da hängen Hedis Kleider, Röcke, Blusen, alte und neue und ganz alte. Früher war Hedi Opernsängerin im Theater und sie sieht immer ganz fein aus.

Ich habe mir einen langen Morgenmantel aus Samt angezogen. An seinem Gürtel hängen schwere, silberfarbene Kugeln. Der Mantel ist lila und natürlich viel zu lang an den Ärmeln, und an den Füßen schleift er auf dem Fußboden.

»Den hatte ich lange nicht mehr an«, sagt Hedi. »Eine Zeit lang habe ich den früher in der Garderobe getragen, vor den Vorstellungen, bis die Ankleiderin mit meinem Kostüm kam.« Hedis Augen verreisen kurz in die Vergangenheit. Erst ein tiefer Seufzer bringt sie zurück.

»Also, ich werde auf keinen Fall diesen Samtmantel zum Zeichenkurs anziehen, damit Felix mich anguckt«, protestiere ich. »Das mache ich nicht!« Felix soll ja nicht denken, dass ich bescheuert bin. Was ist, wenn er Verkleiden doof findet? Dann findet er mich auch doof.

Hedi stemmt die Hände in die Hüften. »Das meine ich auch nicht. Was ich meine ... du musst, wenn du ihn das nächste Mal siehst, einige Dinge anders machen als sonst. So erregst du seine Aufmerksamkeit.«

Aber was soll ich nur anders machen? Was soll ich denn tun! Einen Handstand machen? Laut singen? Auf dem Tisch tanzen? Alles, was ich mir vorstelle, fühlt sich ganz schrecklich an.

Wie soll man auch auffallen, wenn man sich eigentlich lieber verstecken will?

Hedi überlegt weiter. Dann sagt sie:

»Es muss eine angenehme Veränderung sein. Wie wäre es, wenn du Blumen auf den Tisch stellst. Ihr habt bestimmt nie Blumen auf dem Tisch in eurem Kurs?«

Ich schüttele den Kopf.

»Und dann bringst du Schokolade mit. Etwas zum Naschen. Das sendet positive Alarmsignale an sein Hirn, verstehst du?« Hedi reibt sich die Hände und guckt mich verschwörerisch an.

»Blumen und Schokolade? Meinst du wirklich?«

»Na, was denkst du? Du musst ihm die Schokolade anbieten, er muss ›Nein, danke‹ oder ›Danke‹ sagen, je nachdem, ob er die Schokolade annimmt oder nicht. Er muss etwas zu dir sagen und er wird dich dabei angucken. Und du hast die Chance, ihm zuzuzwinkern, ganz heimlich, sodass es niemand merkt, nur er! Er wird denken: Ah, das ist die Roberta, die sieht aber nett aus!«

Hedi macht eine kurze Pause und ich glaube, mein Gesicht hat inzwischen die Farbe des Samtmantels angenommen.

»Weißt du, wie oft ich schon verliebt war?«, fragt Hedi. »Unzählige Male. Und glaube mir, Blumen und Schokolade haben immer eine große Rolle gespielt, wenn auch nur am Anfang.«

Wie gut, dass ich Hedi habe, denn sie scheint manche Dinge besser zu verstehen als zum Beispiel Mama. Bei Hedi kann ich ungestört seufzen, mich von einer Sekunde auf die andere auf den Teppich fallen lassen und mich wie eine frische Salzbrezel zusammenkringeln, wenn mir danach ist. Sie findet das alles ganz normal. Sie ist meine beste Freundin. Obwohl sie schon auf die siebzig zugeht, wie sie immer sagt.

4. Kapitel

Es ist Mittwoch. Endlich ist Mittwoch. Eine ganze Woche ohne Felix liegt hinter mir. Doch jetzt ist er da: der Mittwoch. Der Mittwoch ist mein Freund! Es ist natürlich klar, dass ausgerechnet heute die Unterrichtsstunden in der Schule viel länger dauern als sonst. Jede einzelne Stunde ist mindestens eine Viertelstunde länger als sonst, ich schwöre es.

Auf dem Nachhauseweg kaufe ich Schokokekse von meinem Taschengeld. Aber Blumen sind zu teuer. Ich muss sie irgendwo anders herbekommen. Ich weiß, dass vor dem einen Haus, an dem ich auf meinem Heimweg vorbeikomme, ganz schöne Blumen vor den Hauseingängen wachsen. Sogar jetzt noch im Herbst. Ich werde mir dort einfach ein paar pflücken, aber natürlich darf ich mich dabei nicht erwischen lassen.

**Wenn man verliebt ist,
macht man manchmal unvernünftige Dinge.**

Auf beiden Straßenseiten ist niemand. Niemand außer mir. Müsste also alles gut gehen. Ich zücke die Schere, die ich mir extra mitgenommen habe. Heimlich, still und leise schreite ich zur Tat. Denn

alles, was ich hier mache, dient dazu, Felix näherzukommen. Einen Blick von ihm zu bekommen, ein Wort. Ob er mich nett findet?

Ratsch. Ratsch. Ratsch. Und die hier. Vier Blumen hab ich schon. Zwei davon hatte der Herbststurm sowieso umgeknickt, also hab ich sie genau genommen eigentlich gerettet. Plötzlich wird das Fenster im Erdgeschoss aufgerissen. Ein Mann mit knallrotem Gesicht schaut heraus und leider explodiert er auf der Stelle vor Wut. Er ist so wütend, dass man meinen könnte, er brauche diese Blumen wie die Luft zum Atmen. Dabei sind noch ganz viele davon da, direkt vor seinem Fenster. Und bei mir ist es ein Notfall. Der rote Mann ist nicht verliebt, ich aber schon! Ich brauche diese Blumen! Aber er schäumt vor Wut und dann verschwindet er am Fenster. Das sieht nicht gut aus. Und da wird auch schon die Haustür aufgerissen! Ich renne los, so schnell ich kann. Der dicke, rote Mann steht auf dem Fußweg, er brüllt und fuchtelt mir hinterher und ich bin mir absolut sicher, dass der gerade nicht verliebt ist.

Zu Hause binde ich die Blumen zu einem Strauß. Weil es nur vier Blumen sind, ist es ein ganz kleiner Strauß, aber das macht nichts. Schade, dass Hedi ihn nicht sehen kann. Hoffentlich hat sie recht und ihr Plan geht auf. Ein bisschen komisch kommt mir das schon vor, mit den Blumen und Süßigkeiten.

Noch anderthalb Stunden, bis der Zeichenkurs beginnt. Ich setze mich in die Küche, eine Dreiviertelstunde lang, die Hände unter die Schenkel gestopft, und warte. Wie so oft in den letzten Tagen. Ich summe eine Melodie nach der anderen, baumele mit den Beinen und warte. Würde mich jemand sehen, würde er vielleicht denken:

Na, der geht es ja gut! Sitzt da so rum und singt vor sich hin. Aber das sieht eben nur so aus. Richtig gut geht es mir nicht. Denn ich bin verliebt. Im Moment noch ungewiss. Noch weiß ich ja nicht, ob sich Felix auch in mich verliebt. Und trotzdem freue ich mich über dieses Gefühl, es macht, dass ich andauernd lächeln muss.

Die andere Dreiviertelstunde brauche ich für den Hinweg. Also eigentlich reichen zehn bis fünfzehn Minuten für den Weg von zu Hause bis zum Kinder- und Jugendtreff, aber weil heute ein besonderer Tag ist, nehme ich mir eben mehr Zeit für den Weg. Vor der bunten Tür finde ich einen Stein, der ein bisschen aussieht wie ein Herz. Ich stecke ihn in meine Hosentasche.

Ich schleiche mich in den Kursraum, der zum Glück schon aufgeschlossen ist. Doch wo stelle ich die Blumen rein? Verflixt, daran habe ich nicht gedacht. Wir haben alles Mögliche im Kursraum, aber keine Blumenvasen. Grübelnd gehe ich wieder auf den Flur. Nebenan ist das Büro von Jürgen, er kümmert sich im Kinder- und Jugendtreff um viele Dinge und ist schon ziemlich alt und nett, alle mögen ihn. Er schließt auf und ab, bei ihm meldet man sich an und ab, er kontrolliert die Skaterrampe im Hinterhof und so. Seine Tür steht offen. Vorn steht ein Tisch mit drei Stühlen drum herum, falls man mal etwas besprechen muss. Da saß ich mit Mama damals, als sie mich zum Zeichnen angemeldet hat. Da hat uns Jürgen die Hausordnung erklärt und gesagt, dass ich eine Schürze oder ein großes altes T-Shirt mitbringen soll, damit ich mir meine Sachen nicht beschmiere. Heute sitzt da niemand. Und Jürgen ist gerade draußen. Und auf diesem Besprechungstisch steht ein Strauß mit Blumen. Das ist meine Chance! Ohne lange zu überlegen, gehe ich rein und

nehme die Blumen aus der Vase. Sie sind ganz trocken, so trocken, dass sie schon knistern. Ist ja klar, wenn überhaupt kein Wasser in der Vase ist. Ich nehme die Vase und schmeiße die vertrockneten Blumen in den Papierkorb, renne schnell in meinen Kursraum und stelle die Vase mit meinen Blumen auf den Tisch. Noch schnell Wasser rein, geschafft. Die Vase ist viel zu groß für meine paar Blumen, aber egal. Dann packe ich die Kekse aus und überlege. Einfach in die Mitte stellen? Aber dann sind die anderen am Ende schneller und Felix kriegt gar nichts ab. Nein, ich muss schon von Stuhl zu Stuhl gehen mit der Packung und jedem etwas anbieten. Dann stehe ich Felix für mindestens einen Moment gegenüber, und zwar ganz nah. Am liebsten würde ich Felix alle Kekse geben. Aber das kann ich nicht machen, dann gucken die anderen komisch.

Dann warte ich. Mal wieder.

Wenn man verliebt ist,
ist man andauernd mit Warten beschäftigt.

Bis die Ersten kommen. Jeder sagt irgendwas, als sie die Kekse sehen: »Danke!«, oder: »Hm, lecker!«, oder: »Das ist ja nett!« Einige sind erstaunt und fragen, warum.

»Einfach so«, sage ich und werde rot. Moritz guckt mich ganz komisch an. Vor allem, als er die Blumen sieht.

»Für wen sind die denn?«, fragt er.

Für Felix – das kann ich natürlich auf keinen Fall sagen. Sind für euch – geht aber auch nicht. Das ist ja voll peinlich. Vielleicht war Hedis Idee mit den Blumen doch nicht so gut?

»Ist doch mal was anderes«, sag ich zu Moritz. Etwas Überzeugenderes fällt mir nicht ein und so langsam denke ich, dass Hedi vielleicht doch ein bisschen Quatsch erzählt hat.

Doch als Leo kommt, kriegt er leuchtende Augen.

»Hast du Geburtstag, Roberta?«

Ich werde rot und schüttele den Kopf.

»Einfach so«, sage ich.

»Wie romantisch!«, ruft er und dreht mit seinem Zeigefinger eine Spirale in seinen Bart. Na ja, er ist ja selbst verliebt, vielleicht hat er heute auch Blumen gekauft für diese Frau, die da letztens auf ihn gewartet hat. Aber Blumen geklaut hat er bestimmt nicht.

Und dann steht endlich Felix im Raum. Ich muss mich hinsetzen. Das ist der Moment, auf den ich nun so lange gewartet habe. Ich sitze da und gucke ihn einfach nur an. Felix schmeißt seinen langen, seidig glänzenden Pony mit einer lässigen Kopfbewegung zur Seite. Automatisch neige ich meinen Kopf auch zur Seite.

»Schau mal, Roberta hat uns Blumen mitgebracht«, sagt Leo zu Felix. Der nickt gelangweilt und kramt wortlos seine Wasserfarben heraus. Jemand am Tisch muss kichern. Es ist Moritz. Ich höre, wie er zu seinem Nachbarn sagt: »Aber wo hat sie die Tischdecke gelassen?«

Er macht sich lustig über mich, aber das ist mir egal. Ich strecke Moritz die Zunge raus.

Wenn man verliebt ist, sind einige Dinge plötzlich nicht mehr so wichtig wie vorher.

Doch Felix guckt einfach nicht zu mir rüber. Irgendwann stehe ich auf und gehe mit der Keksschachtel zu ihm. Vor seinem Platz bleibe ich stehen und sage mit zittriger Stimme: »Willst du auch einen Keks?«

Da hebt Felix den Kopf und schaut mich an. Ich sehe, dass seine Augen blau sind. Richtig blau. Mit Kreisen drin. Solche Kreise, die sich auf dem Wasser bilden, wenn man einen Kieselstein über die Oberfläche hüpfen lässt.

»Danke«, sagt er. Ganz leise. Hat er dabei gelächelt? Ich bin mir nicht sicher. Und plötzlich merke ich, dass meine Knie ganz weich werden. Es fühlt sich an, als würde sich jemand diesen Spaß mit mir machen: mir von hinten seine Knie in meine Kniekehlen drücken, sodass ich einknicken muss.

Dann ist das mit dem Verliebtsein doch irgendwie »physisch«? Wenn man es sogar in den Beinen spürt?

Es fühlt sich verrückt an. Doch Felix scheint es nicht zu merken, er nimmt einfach eine Handvoll Kekse, dreht sich wieder nach vorn und beginnt zu essen. Nicht etwa einen oder zwei Kekse. Er hat gleich mehrere auf einmal genommen. Ach, ist doch egal! Ich stehe noch ein paar Sekunden neben ihm wie ein begossener Pudel. Hat er nicht eben noch gelächelt? Ein ganz kleines bisschen? Dann gehe ich zurück an meinen Platz und mir dämmert etwas ganz Schreckliches. Etwas wirklich Schreckliches! Etwas Furchtbares, etwas, das so schlimm ist, dass man es gar nicht aushalten kann: Ist es möglich, dass sich Felix NIEMALS in mich zurückverliebt? Könnte das sein? Könnte so etwas ÜBERHAUPT möglich sein?

Den Rest der Zeichenstunde sitze ich einfach nur da und schaue alle paar Minuten zu ihm hinüber. Es fühlt sich an, als würde gerade jemand einen dicken, schweren Vorhang vor die großen Fenster des Kursraumes ziehen, dabei strahlt die Herbstsonne von draußen herein und taucht unseren Kursraum in helles Licht. Leo schaut versonnen in das Licht und ist mit seinen Gedanken woanders. Ich

ahne schon, wo. Alle im Kurs malen und reden miteinander, es haben sich Gruppen gebildet. Felix redet mit keinem. Er wischt mit dem nassen, farbgetränkten Pinsel über das Blatt. Das Blatt ist tropfnass, und weil er jede Farbe genommen hat, die der Tuschkasten beinhaltet, ist einfach nur ein Farbbrei entstanden. Alles ist ineinandergelaufen. Wenn ich ganz ehrlich bin, sieht es richtig doof aus. Aber vielleicht verfolgt Felix damit ja einen Plan? Vielleicht soll der Farbmatsch etwas darstellen, was noch keiner von uns ahnt? Allerdings sieht Felix nicht aus, als ob er einen Plan hat. Mit einem gelangweilten und mürrischen Gesichtsausdruck hat er einfach eine Farbe nach der anderen auf das Blatt tropfen lassen. Es ist merkwürdig. Ich merke, wie Leo immer wieder zu Felix rüberschielt und sich dabei nachdenklich über den Bart streicht. Irgendwas stimmt nicht mit Felix. Er bleibt ein Geheimnis.

Und dann ist der Kurs zu Ende. Ich könnte ihm jetzt einfach auf dem Heimweg hinterhergehen und ihn anquatschen. Doch ich trau mich nicht. Ich sitze auf meinem Stuhl und bin wie gelähmt. Ich schau zu, wie Felix wortlos, ohne einen Blick für mich, aus dem Kursraum trottet. Hedis Plan mit Blumen und Schokolade hat nicht funktioniert. Überhaupt nicht! Muss ich jetzt wieder eine ganze Woche warten, bis ich Felix wiedersehe? Das überlebe ich nicht!

5. Kapitel

Ich renne. Der eine Fuß sitzt auf der Silbe »Fe«, der andere auf »lix«. *Fe – lix, Fe – lix, Fe – lix.* Ich spüre Nieselregen im Gesicht. Dicke Wolken sind über mir. Ich renne zum Park, in dem ich mit Hedi verabredet bin, ich sehe sie schon von Weitem auf einer der Bänke sitzen. Aldo kommt mir entgegen, bellend, um sich selbst kreiselnd. Er setzt sich vor mich hin, in Habachtstellung, so als ob er gleich vornüberfällt, doch Aldo fällt nicht, er springt aus seiner Sitzposition heraus, springt an mir hoch und hinterlässt eine Spuckespur auf meiner Hose. Das kann er gut. Hedi hat Aldo vor ein paar Jahren vor der Oper gefunden. Als sie zur Vorstellung ging, saß er dort angeleint und guckte traurig. Als sie nach der Vorstellung wieder rauskam, saß er immer noch da. Und als sie dann noch später aus dem Theatercafé kam, saß Aldo immer noch da und winselte. Und da hat sie ihn mitgenommen.

Wenn man sich zu Aldo hinunterbeugt und fragt: »Bist du ein guter Aldo, ja, bist du ein guter Aldo?«, dann macht Aldo Männchen und setzt sich auf die Hinterbeine. Es ist ein bisschen albern, aber es macht Spaß, ihm auch. Aber jetzt frage ich das Aldo nicht.

»Es ist noch schlimmer, als ich dachte«, sage ich, noch immer außer Atem.

Hedi guckt mich ernst an.

»Ich glaube, er mag mich nicht. Ich glaube, er findet mich blöd.«

Hedi verschränkt die runzligen Hände auf dem Schoß.

»Jetzt erst mal langsam und von vorn.«

Ich erzähle Hedi alles. Sie legt den Arm einmal um mich und hört mir aufmerksam zu. So lange, bis alles raus ist. Dann wiegt sie den Kopf hin und her.

»Halten wir zunächst fest: Erstens, er hat deine Kekse gegessen. Zweitens, du weißt jetzt, wie seine Augen aussehen. Drittens, er hat DICH angesehen. Viertens, er hat ›Danke‹ zu dir gesagt. Jetzt sag nicht, dass das NICHTS ist. Wir sind schon viel weiter als gestern! Viel weiter.«

Ich sehe Hedi zweifelnd an. Ihre Augen sind blau wie die von Felix, aber viel heller, und sie hat recht! So habe ich das noch gar nicht gesehen. Was mich eben noch ganz traurig gemacht hat, das nimmt sie an den Füßen, schüttelt es und guckt es sich von der anderen Seite an. Es stimmt, vor ein paar Tagen sah die Welt viel schlimmer aus.

»Jetzt müssen wir sehen, wie es weitergeht. Es ist noch viel zu tun.«

Aber immerhin hab ich jetzt sein Gesicht in meinem Kopf. Und seine Augen sind blau.

Zu Hause steht ein fremder Mann vor unserer Wohnungstür, er hat einen Blumenstrauß in der Hand. Er klingelt und klopft. Mama scheint nicht da zu sein. »Guten Tag«, sage ich zu ihm und stecke den Schlüssel ins Schloss. Er lächelt mich an, offenbar will er uns besuchen, aber er sagt nichts. Dann reißt Mama plötzlich die Tür von innen auf, sie ist ganz rot im Gesicht. Also ist sie doch zu Hause.

Aber warum hat sie dann nicht die Tür aufgemacht, als der Mann geklingelt hat?

Mama guckt den Mann komisch an und schiebt mich in mein Zimmer, als ob ich so ein kleiner Rollcontainer wäre wie der neben meinem Schreibtisch. Und nun? Ich warte etwas ab und gehe dann ins Wohnzimmer, ich bin neugierig. Der Mann ist nicht mehr da und Mama sitzt einfach nur rum, sie hört keine Musik, guckt nicht fern. Sie macht gar nichts. Das ist merkwürdig.

»Wer war das?«, frage ich.

»Niemand«, sagt Mama. Was Quatsch ist. Denn wenn jemand vor einem steht, kann er nicht niemand sein.

»Der hat sich in der Tür geirrt«, sagt Mama.

Ich setze mich neben Mama und starre hinaus in den Regen. Es hat fürchterlich angefangen zu regnen und es ist stürmisch. Ich muss grundlos lächeln. Einfach so. Mama muss es gemerkt haben, sie schaut zu mir rüber.

»Worüber freust du dich so?«, fragt sie. »Deine Augen leuchten so schön.«

»Das weißt du doch«, sage ich.

Dann sagt sie nichts mehr und guckt mich stattdessen ganz komisch an, als ob sie langsam etwas begreift, und das wird ja auch mal Zeit.

Wenn man verliebt ist, macht das irgendwas mit den Augen.
Ich kann es nicht genau beschreiben.
(Also sieht man doch von außen, ob jemand verliebt ist?
Ich muss mir Leo noch einmal genauer ansehen.)

Dann lege ich mich mit Mama unter mehrere Kuscheldecken und wir gucken einen Film. Er spielt in einer früheren Zeit, die Frauen tragen komische Kleider und Frisuren. Es geht darum, dass die Frauen in dem Film verheiratet werden müssen, weil das damals wichtig war, sagt Mama, denn Frauen durften damals nicht arbeiten, sie mussten von ihren Männern versorgt werden. Aber die Männer wollen die Frauen nicht, und die Männer, die die Frauen wollen, sind nicht frei oder nicht »standesgemäß«, so heißt es. Ganz schön kompliziert. Am Ende muss Mama heulen, obwohl der Film gar nicht traurig endet. Ich frage lieber nicht, warum.

Hedi stellt Teekanne, Tassen, Plätzchen, Zuckerdose und Milchkännchen auf einen kleinen Teewagen und rollt diesen nun von der Küche ins Wohnzimmer. Immer wenn ich hier bin, trinken wir Tee. Und dann erzählt mir Hedi von früher, wie das bei ihr war, als sie verliebt war.

»Ich durfte nicht einfach zu einem Jungen gehen und ihm sagen, dass ich in ihn verliebt bin. Da wäre der tot umgefallen vor Scham. Wir Mädchen mussten damals warten, bis einer zu uns kam. Und wenn eine nicht warten konnte und doch den Anfang gemacht hat, dann wurde sie schief angeguckt.«

»Hast du immer gewartet?«, frage ich.

»Am Anfang ja, später nicht mehr. Wieso denn auch!«

»Aber den Richtigen hast du nie gefunden!«, rufe ich. Ich weiß, dass Hedi nie verheiratet war, sie hat nicht einmal Kinder.

»Aber ja!« Hedi klatscht in die Hände. »Ganz oft habe ich den Richtigen gefunden. Immerzu! Am Anfang hat es sich immer so an-

gefühlt, als wäre es der Richtige. So lange, bis er nicht mehr der Richtige war. Das passiert zum Beispiel, wenn man sich selber verändert. Dann passt man irgendwann nicht mehr zusammen.«

Ich wusste es, Hedi kennt sich aus. Sie ist eine Spezialistin in Sachen Liebe. Aber das, was sie erzählt, klingt nicht schön. Heißt das, dass es irgendwann einen Zeitpunkt geben wird, an dem ich nicht mehr in Felix verliebt bin? Das will ich mir lieber nicht vorstellen, auf gar keinen Fall.

Ich ziehe den Gürtel fester um den Samtmantel, den ich mir heute wieder ausgesucht habe. Doch irgendwie will die Verkleidung heute nicht sitzen. Ständig verrutscht etwas. Ich zuppele hier und zuppele da. Dann muss ich wieder seufzen. Ich schiele über den Rand der Teetasse und begegne Hedis forschendem Blick. Sie hat sofort gemerkt, dass etwas ist.

Da sage ich, dass ich wieder meine eigenen Sachen anziehen will. Mir ist heute nicht nach Verkleiden. Hedi nickt verständnisvoll.

»Du bist einfach zu sehr mit dir beschäftigt. Da will man nicht noch so tun, als wäre man jemand anders. Das verstehe ich voll und ganz. Es ist so schon alles kompliziert genug.«

Über das für mich noch neue Verliebtsein nachzudenken geht tatsächlich besser in meinem eigenen Pullover. Da fühl ich mich sicherer. Ich gehe ins andere Zimmer, um mich wieder umzuziehen.

Als ich wieder hundert Prozent Roberta bin, springt Hedi plötzlich auf und ruft:

»Die Sektkorkenkrähe ist wieder da!«

Sie zieht die Gardinen zur Seite und reißt das Fenster auf. Auf dem Dachfirst gegenüber sitzt eine Krähe. Sie öffnet den Schnabel

und heraus kommt ein knallendes Geräusch. Es klingt tatsächlich, als springe ein Korken aus einer Sektflasche. Ich kenne dieses Geräusch, vor allem von Silvester. Hedi hört und sieht manchmal Dinge, die keiner sonst hört oder sieht, und so ist es mit ihr nie langweilig.

»So, meine Liebe«, sagt sie. »Nun wollen wir überlegen, wie du am nächsten Mittwoch vorgehst. Du darfst natürlich nicht aufgeben und musst weiterhin versuchen, Felix' Aufmerksamkeit auf dich zu ziehen. Wahrscheinlich gehört er zu der Sorte Jungs, die ein bisschen länger brauchen.«

»Und wenn er sich gar nicht für mich interessiert?«, rufe ich dazwischen.

»Stopp, stopp, so weit sind wir noch lange nicht. Diese Variante ziehen wir überhaupt nicht in Erwägung. Erzähl mir stattdessen, gibt es etwas, das Felix von den anderen Kindern in deinem Zeichenkurs unterscheidet?«

»Er malt als Einziger mit Wasserfarben!«, rufe ich wie aus der Pistole geschossen.

»Na ja, da liegt es doch auf der Hand! Interessiert es dich denn überhaupt nicht, warum er das tut?«

»Und ob!«

»Warum hast du ihn dann noch nicht gefragt?«

Wieder einmal bin ich verblüfft. Hedi hat so recht! Es ist so einfach! Warum bin ich da nicht selber drauf gekommen! Wieso habe ich ihn nicht gleich am letzten Mittwoch danach gefragt?

Hedi klatscht vor Freude in die Hände. »Ihr werdet ins Gespräch kommen. Ich bin mir ganz sicher. Du machst das schon!«

Dann geht Hedi summend zu ihrem Musiktisch. Wenn sie läuft, klappern ihre Pantoffeln. Hedi hat ein ganzes Regal voll mit alten Schallplatten.

»Wenn man verliebt ist, gibt es nichts Besseres als einen schönen Tenor«, sagt sie und nimmt eine der Schallplatten. Und kurz darauf ist der Raum voll mit Musik, die ich sofort verstehe. Also, ich verstehe nicht, was der Sänger singt, weil es italienisch ist, ich verstehe es einfach so, vom Gefühl her, denn er ist traurig, als ob er Sehnsucht hat. Ganz sicher vermisst er seine Freundin.

Der nächste Mittwoch ist noch weit weg. So weit! Ein Tag fängt am Morgen an und ist am Abend zu Ende. Meist reicht die Zeit von einem Tag nicht aus für all die Dinge, die man machen will. Verabredet man sich mit einer Freundin, muss man schon wieder gehen, bevor man richtig angekommen ist. Abends muss man das Licht löschen, obwohl man es gerade geschafft hat, ein paar Sätze in seinem spannenden Buch zu lesen.

Aber wenn man verliebt ist, ist das anders. Was einmal wichtig war, ist jetzt unwichtig, was unwichtig war, bekommt plötzlich Bedeutung. Die Zeit vergeht mal gar nicht, dann wieder merkt man überhaupt nicht, dass es überhaupt eine Zeit gibt, weil man sich irgendwo außerhalb von ihr befindet. Bis endlich der Mittwoch da ist. Also warte ich mal wieder. Erst liege ich auf dem Rücken, dann wieder auf dem Bauch, ich vergrabe mein Gesicht tief in meinem Kissen, bis ich keine Luft mehr kriege. Ich gehe ins Bad und starre in den Spiegel, ich ziehe Grimassen. Da ist ein Pickel und da noch einer. Und meine Haare? Sollte ich zum Friseur gehen und sie noch

kürzer schneiden lassen? Vielleicht mag Felix meine Haare nicht? Aber hat er sie überhaupt gesehen? Weiß er überhaupt, dass ich Haare hab? So wie er durch einen hindurchguckt. Weiß er überhaupt, wie ich heiße?

In der Schule frage ich Marlene, wie sie Anton sagen will, dass sie ihn süß findet. »Na, ich gucke ihn an, ist doch ganz einfach. Dann merkt der das schon«, sagt sie. Nun bin ich sprachlos. Echt jetzt? Nur angucken?

Zu Hause liege ich wieder auf dem Rücken, strecke die Beine in die Luft. Ich mache mir Musik an, ganz laut, ich singe mit, ganz laut. Ich laufe durch die Straßen und tu so, als käme ich aus England, ich murmele englische Satzfetzen in mein Handy. Ich komme aus einem anderen Land, aus dem Verliebtsein-Land. Aber niemand beachtet mich. Ich kaufe mir ein Softeis, obwohl es viel zu kalt für Eis ist, vergesse aber zu essen. Ich merke es erst, als das ganze Eis in meinen Anorak hinein- und an meinem Unterarm runterläuft.

Mehrmals am Tag denke ich, dass ich Felix sehe, aber es ist jedes Mal ein anderer Junge. Dann schäme ich mich fast, denn es kann eigentlich keinen zweiten Jungen geben, der so ist wie er! Wie könnte ich ihn verwechseln? Ich verbrenne mir die Zunge an Hedis Tee, weil ich gar nicht merke, dass er noch heiß ist. Ich vergesse, den Müll runterzubringen, was Mama so richtig sauer macht. Als sie schimpft, breche ich von einem Augenblick auf den anderen in Tränen aus. Da ist Mama stumm und guckt wieder so hilflos. In meinem Zimmer finde ich den kleinen herzförmigen Stein wieder, den ich letztens gefunden habe. Er liegt gut in der Hand, und wenn er eine Weile in der Hand liegt, wird er ganz warm und dann fühlt er sich noch glatter

an. Ich lege ihn in einen kleinen leeren Karton, der ein schönes Muster hat. Die Kiste schiebe ich unter mein Bett.

Und dann klingelt es an unserer Tür. Und Mama legt plötzlich den Finger auf den Mund und sagt: »Pst, sei leise.« Sie will die Tür nicht öffnen und will nicht, dass derjenige, der vor der Tür steht, merkt, dass sie zu Hause ist. Das heißt ja wohl, dass sie weiß, wer davorsteht. Ich habe keine Ahnung und weiß überhaupt nicht, was los ist. Doch Mama winkt ab und ich frage nicht nach, weil mir im Moment alles zu viel ist. Und dann gehe ich wieder in mein Zimmer und liege auf dem Bett herum. Ich will nur, dass Mittwoch ist, und sonst nichts.

Wenn man unglücklich verliebt ist, fühlt es sich manchmal so an, als würde nie wieder alles schön sein.

6. Kapitel

Lieber Mittwoch! Du bist der schönste Tag der Woche. Ich schlage die Augen auf und das Erste, was ich höre, sind die Vögel. Sie singen richtig gut, obwohl es Herbst ist, denn da hört man nicht so oft die Vögel singen, weil sie nicht brüten, aber einige singen doch, zum Beispiel die Rotkehlchen! Sie sind so federleicht und trotzdem kommt aus ihnen so laute Musik. Ob das Tschilpen und Singen sie anstrengt? Oder ist es ganz leicht und sie machen das mit links? Verliebtsein ist beides.

Verliebtsein fühlt sich leicht an und ist gleichzeitig anstrengend. Beides zusammen. Vielleicht ist es der rätselhafteste Zustand auf dieser Welt?

Die ganze Woche habe ich darauf gewartet, dass endlich Mittwoch ist, und jetzt, wo er da ist, ist er richtig anstrengend. Weil zwischen 7 Uhr (wenn ich aufstehe) und 15 Uhr (wenn der Kurs beginnt) mindestens zehn Millionen Stunden liegen. Wie soll ich die bestmöglich rumkriegen, wenn ich keine Geduld habe und das Warten langsam leid bin? Und Hedi hat heute auch keine Zeit. Und so bin ich nur für mich allein und ziemlich aufgeregt, weil ich nicht weiß, wie ich Felix ansprechen soll. Vielleicht hat er mich inzwischen schon wieder

vergessen? Oder ob er sich – wenn er mich sieht – sofort an die Kekse erinnert, die ich letzte Woche mitgebracht hatte? Oder hat er mich gar nicht richtig wahrgenommen und fragt mich heute, ob ich neu im Kurs bin? Aber eigentlich sagt er ja so gut wie nie etwas. Ich weiß nicht, wie ich auf all diese Gedanken komme. Sie sind einfach da.

Den Weg zum Kinder- und Jugendtreff nehme ich hüpfend. Ich hüpfe die ganze Zeit, weil ich ja neue Superkräfte hab. Ich hüpfe vorbei an Sayed, an Foffos Nachrichten, es sind keine neuen da, an der bunten Tür, und ich bin so froh, dass ich lauter Sachen sehe, die immer da sind, jeden Tag, weil ich sie plötzlich überhaupt nicht langweilig finde, sondern noch schöner als sonst, und weil ich weiß, dass sie immer da sein werden, auch wenn etwas Blödes passiert.

Meine neuen Superkräfte bewirken, dass jeder, der mir entgegenkommt, mich anlächelt. Ich bringe alle zum Lächeln.

Und nebenbei übe ich DIE EINE GROSSE FRAGE, die ich Felix heute stellen will. Das habe ich mit Hedi so verabredet.

»Wieso malst du lieber mit Wasserfarben, Felix?« So lautet sie, und sie soll es schaffen, dass Felix mit mir redet.

Man kann die Frage auch ganz anders stellen, zum Beispiel so: »Ist dir eigentlich aufgefallen, dass du als Einziger mit Wasserfarben malst?«

Oder: »Felix, sag mal, was ist an Wasserfarben eigentlich besser als an Bleistiften, Acrylfarben oder Pastellkreiden?«

Oder: »Hast du schon immer gern mit Wasserfarben gemalt?«

Oder: »Wirklich schön, wie gut du mit Wasserfarben malen kannst! Das magst du, oder?«

Je öfter ich es wiederhole, desto dämlicher klingt es. Aber jetzt gibt es kein Zurück mehr. Ich muss es schaffen, mit dieser Frage mit Felix ins Gespräch zu kommen. Ich muss! Als ich endlich in die Einfahrt zum Treff biege, sehe ich auch Vanessa. Ob die es auch schon mal erwischt hat? Sie steht da an der Ecke, zusammen mit Leo, sie reden, aber Vanessa sieht traurig aus. Eigentlich ist Vanessa in keinem Kurs, den Leo gibt, ich weiß gar nicht, woher die sich kennen. Plötzlich fällt mir etwas ein, was ich noch nie in Betracht gezogen habe. Vielleicht ist Vanessa-Loch-Nessie überhaupt keine doofe Kuh?

Quatsch! Vanessa ist doof, das weiß ich doch.

Leise schleiche ich mich die Treppen hinauf. Ich möchte nicht, dass mich jemand sieht. Doch oben auf dem Treppenabsatz steht Jürgen, angelehnt an die Wand, die Arme verschränkt.

»Wir müssen ein Gespräch über Blumen und Vasen führen, mein Fräulein.« Er macht jetzt einen Schritt auf mich zu.

Auch das noch! Mit seiner Spürnase hat Jürgen gewittert, wer in der letzten Woche etwas mit seiner Vase zu tun hatte. Es hat sich wohl schnell rumgesprochen, dass ich Blumen mitgebracht hatte. Weil das sonst natürlich niemand macht, denn es ist einfach altmodisch, und heute verstehe ich überhaupt nicht mehr, dass ich mich letzte Woche auf diesen verrückten Plan von Hedi eingelassen habe.

»Wie kommst du darauf, meine Strohblumen in den Papierkorb zu schmeißen?«, fragt Jürgen mit ernstem Gesicht.

»Strohblumen?«

»Ja, Strohblumen, die heißen so. Das sind kunstvoll getrocknete

Blumen, deshalb brauchen sie kein Wasser und sehen trotzdem lange hübsch aus. Ich mag Strohblumen. Aber wenn die Kinder aus meinem Treff kommen und sie einfach in den Müll schmeißen, kann ich mich nicht mehr an ihnen erfreuen!«

Ich schaue Jürgen entsetzt an. Plötzlich erscheint mir das, was ich getan habe, auch noch total dämlich. Was hab ich mir nur dabei gedacht?

»Ich brauchte eine Vase«, sage ich ganz leise, so leise, dass man es kaum hören kann.

»Wieso hast du mich nicht gefragt, ob ich eine Vase für dich hab?«, fragt Jürgen.

Ja, warum eigentlich nicht? Dabei ist es doch ganz einfach: Weil sich das KOMISCH anfühlt. Weil ich noch nie Blumen für einen Jungen mitgebracht habe! Weil ich einfach keinen Nerv hatte, auch noch Jürgen zu suchen und ihn nach einer Vase zu fragen. Weil ich mir dann DOOF vorgekommen wäre. Wie hört sich das denn an: »Du Jürgen, ich hab hier Blumen mit, damit Felix aus meinem Kurs auf mich aufmerksam wird, kannst du mir dafür eine Vase geben?« Das klingt so bescheuert und so was macht einfach niemand. Ich hab mich das nicht getraut. So ist das eben. Vielleicht denkt Jürgen auch, dass man sich mit elf nicht verlieben kann? Vielleicht würde er mich auch auslachen?

Also zucke ich nur mit den Schultern und ziehe ein Gesicht.

»Mädchen, es muss alles seine Ordnung haben, das siehst du doch ein?«

Ich nicke, obwohl ich das nicht verstehe. Alles hat seine Ordnung? Na gut. Aber man kann doch nicht jede Ordnung kennen. Ich

habe jedenfalls oft eine andere Ordnung als Mama. Ich verstehe ihre nicht, aber sie versteht meine auch nicht. Und jetzt geht es um Jürgens Ordnung.

»Wieso kommt eigentlich ein Mädchen in deinem Alter auf so eine altmodische Idee, Blumen mitzubringen? Ihr habt doch heutzutage ganz andere Flausen im Kopf.«

Flausen. Das Wort habe ich heute schon einmal gehört. Mama hat es heute früh benutzt. Als ich beim Frühstück vergessen habe, weiterzuessen, weil ich natürlich an Felix denken musste, da hat sie gefragt, ob ich immer noch diese Flausen im Kopf hätte, mit diesem Verliebtsein. Und dann hat sie vorgeschlagen, dass wir was zusammen unternehmen. Heute! Als ob ich heute dafür Zeit gehabt hätte: am MITTWOCH!

»Was sind Flausen?«, frage ich Jürgen.

»Wenn jemand Unsinn verzapft, hier drin.« Und er tippt sich an den Kopf.

Verliebtsein ist mehr Unordnung als Ordnung.
Weil alles durcheinanderkommt.
(Aber mit Flausen hat das nichts zu tun, das ist Blödsinn.)

Ich entschuldige mich bei Jürgen, das meine ich ernst. Die Blumen können ja nichts dafür, dass es mit mir und Felix nicht vorangeht. Jürgen guckt mich komisch an. Er denkt nach und ich nutze seine Denkpause und verdrücke mich.

Und natürlich kommt heute mal wieder alles anders als gedacht. Ausgerechnet heute malt Felix natürlich nicht mit Wasserfarben. Er

malt gar nichts und sitzt einfach so da vor einem leeren Blatt, geheimnisvoll wie immer. Aber ich bin so aufgeregt, dass ich nicht weiter- bzw. umdenken kann. Ich habe jetzt den ganzen Hinweg diesen einen Satz geübt und jetzt muss er auch raus, es ist wie mechanisch, als wäre ich ein Roboter, und jetzt, wo ein Knopf einmal gedrückt ist, muss es genauso ablaufen. Ich schließe die Augen, hole Luft und dann ist es raus, ganz schnell hab ich die Frage ausgesprochen. So schnell, dass ich sofort Angst bekomme, dass Felix mich nicht verstanden hat:

»Felix, warum malst du eigentlich als Einziger mit Wasserfarben?«

Geschafft! Ich atme laut aus. Und nun: Augen auf! Ich bin darauf vorbereitet, seinen Blick zu treffen, diese Bewegung zu sehen, wenn er seinen Pony zur Seite streicht. Ich halte die Luft an.

»Ich male überhaupt nicht, siehst du doch«, antwortet Felix genervt.

Und damit ist das Gespräch beendet. Ich starre auf den Tisch und bin schachmatt. Jetzt weiß ich auch nicht mehr, was ich sagen soll, und das war's dann wohl für heute mit Kontakt zu Felix.

Leo hat wie immer in der letzten Zeit überhaupt keine Augen für unsere Zeichnungen. Nur einmal steht er auf und geht langsam zu Felix und schaut ihm über die Schulter. Als er Felix an der Schulter berührt, schüttelt Felix Leos Hand mürrisch ab. Leo geht wieder und kommt zu mir.

»Arbeitest du immer noch an deiner Stadt?«

Ich nicke.

»Das wird ein wunderbares Bild, Roberta«, sagt er.

Aus den Augenwinkeln sehe ich, dass Felix zu mir herüberschielt.

»So sehen doch keine Häuser aus«, sagt Felix und es klingt alles andere als nett. Ihm gefällt nicht, was ich zeichne. Was soll ich denn jetzt machen? Oder tut er nur so? Eigentlich müsste ich ihn jetzt fragen, warum er findet, dass meine Häuser nicht wie Häuser aussehen, aber ich kann nicht. Mein Mund ist wie zugeklebt. Ich starre auf meine vielen Striche auf dem Blatt, die, wenn man genau hinsieht, eine Stadt mit vielen Häusern ergeben. Das muss er doch sehen!

Ich schaue hilflos zu Leo. Der schüttelt nur den Kopf, sein Gesichtsausdruck sagt: »Mach dir nichts daraus.« Dann setzt er sich wieder hin und sein Blick richtet sich auf das Fenster. Der Ausdruck seiner Augen sieht aus, als würden sich Blümchengirlanden durch seine Wimpern ringeln. Ja, Leo hat es geschafft. Er ist verliebt – aber es ist auch jemand in ihn verliebt. Das ist klar. Das sieht man. Leo hat's gut. Er kritzelt etwas auf seinen Block und lächelt. Dann brummt es in seiner Tasche, er holt sein Handy heraus, schaut drauf – und da muss etwas unglaublich Schönes stehen. Denn Leos Gesicht glüht wie ein warmer, knisternder Ofen. Er schaut auf, unsere Blicke treffen sich. Er sieht, dass ich sehe, wie er sich freut, und zwinkert mir zu. Ich muss seufzen. Doch, man kann sehr wohl SEHEN, wenn einer verliebt ist. Wenn man glücklich verliebt ist, dann ja. Dann sieht man es. Aber mir scheint, dass ich unglücklich verliebt bin. Das ist ein Unterschied. Ich seufze und schaue wieder zu Felix. Er schaut auch zu Leo. Als er merkt, dass ich ihn anschaue, guckt er zu mir. Ich werde flammend rot! Was würde passieren,

wenn ich mich jetzt auf meinen Stuhl stelle und ganz laut »Felix! Ich bin in dich verliebt!« rufe? Womöglich würden alle lachen. Oder nicht? Vielleicht wüssten sie auch gar nicht, was sie dazu sagen sollten? Am wenigsten Felix. Aber das laute Ich-bin-in-dich-verliebt-Rufen wäre ja nur ein klitzekleiner Moment. Danach wäre es bestimmt komisch. Ich müsste mich dann wieder hinsetzen und danach wüssten alle, dass ich in Felix verliebt bin, und sie würden mich anstarren, tuscheln, kichern ... Und Felix? Vielleicht wäre ihm das alles unglaublich peinlich? Vielleicht würde er ganz schnell wegrennen? Vielleicht würde er mich für verrückt erklären oder mich anschreien, ich solle ihn in Ruhe lassen. Ich behalte mein Gefühl lieber für mich. Ich trau mich einfach nicht. Ich glaube, ich kann ihm das nie sagen, dass ich in ihn verliebt bin, denn was soll er dann von mir denken?

Vorsichtig hole ich mein Handy aus der Tasche. Ich tippe darauf herum. Da kommt mir eine Idee. Hinter meinem Platz ist eine Wäscheleine gespannt, da hängen wir unsere Bilder zum Trocknen auf. Felix' Matschbild vom letzten Mal hängt auch noch dort. Wenn ich mich an die Leine stelle und so tue, als ob ich ein Bild aufhänge, könnte ich mit dem Handy von dort aus heimlich ein Bild von Felix machen. Oder ich tu einfach so, als ob ich eines der Bilder an der Leine fotografiere, aber eigentlich fotografiere ich ihn. Ich weiß, dass man das nicht macht, jemand heimlich fotografieren ohne sein Einverständnis.

Wenn man verliebt ist, macht man lauter Dinge, die man sich sonst nicht traut. (Wegen Felix habe ich ja auch schon Leo angelogen, auch wenn es eine Notlüge war.)

Ich drücke ab und habe: Ein FOTO von Felix! Ich habe es! Das gebe ich nie wieder her! Ich kann es kaum fassen. Endlich! Und trotzdem … Da ist auch ein bisschen ein schlechtes Gefühl, weil ich dieses Foto heimlich gemacht habe.

Um wieder zu meinem Platz zu gelangen, gehe ich einmal um den ganzen Tisch herum. Die anderen sind so miteinander beschäftigt, dass sie meinen Umweg nicht bemerken. Leo merkt sowieso nichts, der lebt gerade auf einem anderen Stern. Aber so kann ich Felix wenigstens noch einmal kurz über die Schulter gucken. Er hat

einen Edding genommen und schreibt etwas auf sein Blatt. Ich denke, ich gucke nicht richtig! Dort steht:

Ich hasse Malen und Zeichnen!

Wie angewurzelt bleibe ich hinter Felix stehen. Er merkt, dass ich hinter ihm stehe, dreht sich um und sieht mich an. Er guckt und bei mir kribbelt es im Bauch und im Gesicht.

Ist es ihm peinlich, dass ich gesehen habe, was er geschrieben hat? Oder wollte er, dass ich es sehe?

Hat er es extra für mich dahin geschrieben?

Ist es eine geheime Botschaft?

Jedenfalls schaut Felix mich an, da sind ein bisschen Ängstlichkeit und ein bisschen Trotz in seinem Gesicht. Er sieht mich an und mit der einen Hand zerknüllt er das Papier und stopft es umständlich in seine Hosentasche. Was hat er nur? Er hat doch irgendwas? Da stimmt was nicht mit ihm! Plötzlich steht Felix auf, ganz schnell. Jetzt gucken alle zu ihm. Felix reißt seine Jacke von der Stuhllehne, der Stuhl fällt dabei um, er dreht sich um und rennt aus dem Raum. So schnell, dass niemand reagieren kann. Beim Rennen fliegt das zusammengeknüllte Papier aus der Hose. Vorsichtig schiebe ich es mit dem Fuß unter den Tisch, damit es niemand sieht. Leo ist aufgestanden. Er kommt nach vorn zur Tür, wo ich immer noch stehe. Er guckt ganz hilflos, streicht sich hektisch über den Bart und murmelt: »Dieser Junge macht mich noch wahnsinnig!«

Auf dem Heimweg stelle ich mich kurz in eine Toreinfahrt und schaue mir das Foto an. In der Tasche taste ich nach dem zusammengeknüllten Papier. Das Foto ist nicht ganz scharf geworden, aber

besser als nichts. Ich guck mir das Bild wirklich nur ganz kurz an. Es dauert bestimmt nicht lange. Doch als ich nach Hause komme, schimpft Mama, wo ich so lange geblieben wäre, der Kurs sei seit einer Ewigkeit zu Ende.

Wenn man verliebt ist, vergisst man manchmal die Zeit.

7. Kapitel

Was ist schon Zeit. Bei mir gibt es von nun an zwei Zeitrechnungen: die Zeit mit Felix und die ohne. Mit seinem Bild wird die Zeit ohne ihn bestimmt erträglicher. Ich möchte das Bild gern auf Papier, dann muss ich nicht immerzu ins Handy gucken. Aber ich habe keinen Drucker. Ich weiß nicht, wie ich das Bild ausdrucken soll. Mama könnte das.

Wir essen schweigend. Auf dem Tisch steht ein riesiger Strauß Blumen, schon wieder ein neuer. Wieso kauft Mama ständig so viele Blumen? Blumen sind teuer und Mama sagt, wir müssen aufpassen mit dem Geld. Aber die hier sehen irgendwie auch so fremd aus und so bunt. Als Mama bemerkt, dass ich immerzu zu den Blumen gucken muss, stellt sie die Vase woanders hin. Dann muss ich an den Mann denken, der letztens mit einem ähnlichen Strauß vor unserer Tür stand. Ich sag lieber nichts dazu.

»Kannst du mir nachher ein Bild aus meinem Handy ausdrucken?«

Mama kaut an ihrem Brot und nickt. »Klar. Brauchst du es für die Schule?«

»Ja«, sage ich und beiße von meinem Brot ab. »Nein«, sage ich gleich darauf.

»Was denn nun? Ja oder nein?«

»Es ist für mich.«

Mama runzelt ihre Stirn.

Als sich wenig später Felix' Bild auf dem Bildschirm öffnet, schauen wir beide stumm darauf. Nach einer Weile dreht sie sich zu mir.

»Ist er das?«, fragt sie und ihre Stimme klingt, als hätte sie mindestens dreißig Jahre lang kein Wort mehr gesprochen.

Ich nicke. »Er ist es. Und es ist ernst, Mama, und kompliziert.«

Mama räuspert sich. »Stellst du ihn mir denn mal vor?«

»Das würde ich, aber ich komm ja nicht an ihn ran!«

»Also schmachtest du nur?«

Schmachten! Was ist denn das für ein Wort.

»Ich schmachte nicht für Felix, ich bin in ihn verliebt. Schmachten reicht mir nicht. Wenn das nichts wird, dann ziehe ich lieber in eine andere Stadt.«

Mama bekommt Angst. Das kann ich sehen.

»Aber all das ist völlig normal, auch mit elf. Sagt Hedi auch.«

»Das war klar, dass Hedi das sagt«, sagt Mama resigniert und runzelt wieder die Stirn. »Ich muss mich da erst mal dran gewöhnen. Ich hab bei dir einfach noch nicht mit so etwas gerechnet. Sich verlieben. So was kommt doch erst viel später!«

»Aber Mama, niemand kann vorher wissen, wann und in wen er sich verliebt. Das hast du selbst gesagt!«

Das hat Mama mir erzählt, als ich sie nach Papa gefragt habe. Den kenne ich nämlich nicht. Und da hat sie gesagt, dass sie und Papa überhaupt nicht zusammengepasst haben. Aber dass man das eben vorher nicht hätte wissen können. Und dann war er schon wie-

der über alle Berge, als ich auf die Welt kam, obwohl sie beide verliebt gewesen wären, ganz am Anfang, das hat Mama mir versichert. Aber ich glaube, seitdem hat sich Mama nie wieder verliebt. Das wäre mir aufgefallen, jetzt, wo ich weiß, wie sich das anfühlt.

»Wann warst du das letzte Mal verliebt?«, frage ich Mama.

Sie guckt mich erschrocken an.

»Weiß nicht«, murmelt sie. »Für so was hab ich keine Zeit mehr.«

»Braucht man dafür Zeit?«, frage ich.

Mama zuckt mit den Schultern. »Es ist einfach besser so. Sonst kommt am Ende alles durcheinander.«

Also, ich kann mir jedenfalls nicht vorstellen, jemals nicht mehr in Felix verliebt zu sein, auch wenn alles durcheinanderkommt. In Gedanken reise ich zu meinen Lieblingsaugen, den blauen. Das Geräusch des Druckers holt mich wieder zurück. Noch zwei Sekunden und Felix liegt fertig auf der Ablage. Mama nimmt den Ausdruck und schaut ihn an.

»Und was mach ich jetzt mit dir?«, fragt sie und sieht irgendwie hilflos aus.

Noch im Bett muss ich die ganze Zeit auf das Bild von Felix gucken. Doch immer wieder wandert mein Blick auf das zusammengeknüllte Papier, das auf meinem Schreibtisch liegt. *Ich hasse Malen und Zeichnen!* Hat er das einfach so aus Langeweile geschrieben? Oder ist es die Wahrheit? Aber wieso kommt er dann überhaupt zum Kurs, wenn er Zeichnen nicht leiden kann? Oder war das Kunst, was Felix gemacht hat? Leo erzählt uns oft von Bildern, von denen andere Menschen sagen, das sei keine Kunst. Leo sagt, dass das Quatsch

ist, denn jeder hat seine eigene Auffassung von Kunst, auch wenn sie nicht jedem gefällt.

Ich beuge mich runter und ziehe den kleinen Karton unter dem Bett vor. Der Herz-Stein ist nun ganz kalt, ich lasse ihn so lange in meiner Hand, bis er wieder warm ist, dann lege ich ihn zurück und Felix' Bild dazu, damit es über Nacht nicht zerknittert in meinem Bett. Jetzt habe ich eine Felix-Kiste, direkt unter mir. Sie gibt Wärme ab, die Wärme kommt aus der Kiste durch die Matratze zu mir.

Hedi reißt die Tür auf, als ich gerade klingeln will.

»Und? Und? Und?« Sie kann es nicht erwarten, dass ich ihr erzähle, wie es war.

»Ich habe ein Bild!«, rufe ich, als sie es sich wieder in ihrem Wohnzimmersessel bequem gemacht hat. Triumphierend zeige ich Felix' Bild auf meinem Handy. Der Deckel auf der Teekanne zittert erwartungsfreudig und verursacht dabei ein leises Klirren. Sofort habe ich Hedis ganze Aufmerksamkeit. Sie nimmt das Handy und schaut ihn an. Sie lächelt. Dann schielt sie über das Bild hinweg zu mir.

»Und ich habe das«, sage ich und hole das zerknüllte Papier heraus.

Hedi entknittert das Blatt und schaut eine Weile darauf.

»War er das?«

Ich nicke.

»Meint er das ernst?«

Ich hebe fragend die Arme und lass sie wieder fallen.

»Jetzt lass dir doch nicht alles aus der Nase ziehen.«

Ich erzähle Hedi den merkwürdigen Vorfall. Von Felix' komi-

schem Gesichtsausdruck und dass er ganz schnell weggerannt ist und dabei das Blatt verloren hat. Ich erzähle, dass ich nicht weiß, ob er wollte, dass ich das Blatt sehe, oder ob ich ihn überrascht habe. Ich bin völlig ratlos. Und Hedi ist es auch.

»Tja«, sagt sie. Und noch einmal: »Tja.«

Ich rühre die ganze Zeit in meiner Teetasse. Kling, klingeling, der Löffel klimpert immer wieder in der Tasse.

»Jetzt muss ich wieder eine ganze Woche warten«, sage ich. »Das geht doch nicht!«

»Nein, das geht nicht«, sagt Hedi und streicht mir über den Kopf. »Und ich habe auch gerade etwas beschlossen, was man nur im Ernstfall macht.«

»Was macht man im Ernstfall?«

»Sich einmischen«, sagt Hedi. »Eigentlich geht mich das alles nichts an. Aber es ist wegen dir. Du bist meine Freundin und Freunden hilft man. Und wie es aussieht, hat dein Felix ein Problem. Er scheint nicht so glücklich, wie sein Name vermuten lässt. Und deshalb ist das jetzt der Zeitpunkt, an dem ich mich einmische.«

»Und w… w… wie?« Vor Aufregung muss ich stottern.

»Ich werde in deinen Kinder- und Jugendtreff gehen und eine Auskunft über diesen Jungen verlangen.«

Ich verschlucke mich und huste. Hedi klopft mir auf den Rücken. Als ich mich beruhigt habe, antwortet draußen auf dem gegenüberliegenden Dach eine von Hedis Sektkorkenkrähen. Hedi winkt ihr durch die Gardine.

»Wir gehen da jetzt hin und fragen nach, und unsere Begründung ist, dass du dir eben Sorgen machst um diesen Felix. So einfach ist das.« Hedi klatscht in die Hände. »Schließlich bist du verliebt. Das ist ein ernster Zustand, auch wenn ihn manche Erwachsene nicht so ernst nehmen, zumindest so lange nicht, bis sie selber betroffen sind.«

Dann bekommt sie einen versonnenen Gesichtsausdruck. Der Ausdruck ihrer wasserblauen Augen verrät mir, dass sie nicht mehr bei mir ist. Sie ist in Gedanken in die Vergangenheit gereist, ganz

weit weg. Die vielen Runzeln in ihrem Gesicht erscheinen mir sofort glatter als vorher.

»Wann erzählst du mir von ihm?«, frage ich. Aber meine Frage dringt gar nicht zu Hedi durch. Ihr Blick braucht noch eine ganze Weile, um wieder zu mir zurückzukommen.

»Wer war er, Hedi?«, wiederhole ich meine Frage. »Erzählst du mir von ihm?«

»Wer?«, fragt sie und winkt ab. »Es waren doch so viele. Ich weiß gar nicht, mit wem ich anfangen soll.«

»Glaub ich dir nicht!«, rufe ich. »Du hast so geguckt, als ob du an jemand ganz Bestimmten gedacht hast.«

Hedi beginnt, Dinge zu tun, die mir sagen sollen, dass sie nicht mehr darüber reden will. Sie summt eine Melodie und nimmt die kleine goldfarbene Gießkanne, die immer auf der Heizung steht. Sie gießt die Blumentöpfe, obwohl noch Wasser im Untertopf ist.

Na gut, wenn sie nicht will, dann eben später.

Hedi legt noch eine Schallplatte auf. Sie hat ganz viele dieser alten Schallplatten. Eine hohe Männerstimme singt so traurig, dass ich fast weinen muss. Wir hören beide schweigend zu, bis die Schallplatte zu Ende ist und der Tonarm hochschnipst. Aber die Platte dreht sich weiter und macht auf jeder Runde ein schleifendes *Klack, Klack, Klack*. Das Geräusch mischt sich mit dem Wind von draußen. Ein kleiner Herbststurm tobt da herum. Er pfeift bis ins Treppenhaus, sodass Aldo die Ohren spitzt. Er guckt mich ernst an. Wir lauschen noch eine ganze Weile, bis ich nach Hause gehen muss. »Ich bring dich noch ein Stück, zusammen mit Aldo«, sagt Hedi. »Nicht, dass du mir vom Sturm weggetragen wirst.«

Und so laufen wir eingehenkelt die Straßen entlang und mir fällt auf, wie früh es jetzt schon wieder dunkel wird. Der Wind zerrt an meiner Mütze und die Luft ist voller minikleiner Regentropfen.

Ich habe so gute Laune! Ich könnte platzen vor lauter Superkraft, die ich in mir fühle, und wenn ich wollte, könnte ich mit einer Rakete zum Mond fliegen und gleich wieder zurück.

Doch als ich unsere Wohnungstür aufschließe, merke ich sofort, dass etwas komisch ist. Mama sitzt in der Küche, ihr gegenüber DER Mann, der letztens vor unserer Tür stand. Irgendetwas an dem Mann erinnert mich an mich. Er sitzt da und weiß nicht, was er sagen soll. Er hat ganz rote Ohren. Mama hat die Arme verschränkt.

»Hallo Roberta«, sagt sie und ich höre die Erleichterung in ihrer Stimme. Und gleich darauf sagt sie: »So, dann muss ich mich jetzt mal um meine Tochter kümmern.«

»Ach was«, sage ich, »ich komm schon klar.«

Doch dann begegnet mir Mamas Blick, er schießt Pfeile zu mir.

»Wir hatten doch gestern ausgemacht, dass wir uns heute zusammen um dein Referat kümmern, das du halten musst.«

Wieder kommen Pfeile bei mir an. Mama lügt. Ich weiß nichts von einem Referat. Offensichtlich will sie den Mann loswerden. Mir tut er leid. Wie er da sitzt.

»Was hast du denn für ein Thema?«, fragt er leise.

Jetzt muss ich auch noch lügen, wegen Mama. Ich schieße einen kleinen Mini-Pfeil zu ihr zurück.

»Das Thema heißt: Wie die Tiere im Stadtwald überwintern«, sagt Mama. Mir wäre das niemals so schnell eingefallen!

Der Mann nickt. »Ist ja auch in den letzten Tagen schon ganz schön kalt geworden, was.«

Mama nickt. Dann steht sie auf und beginnt, das Geschirr zusammenzustellen. Das heißt, der Mann soll gehen. Ob er das versteht?

Er versteht es. Er erhebt sich. Und er guckt noch trauriger. Er tut mir wirklich leid. Eigentlich sieht er nett aus. Er gibt mir die Hand und sagt: »War nett, dich kennenzulernen.«

Erwachsene sagen manchmal so komische Sachen. Denn ich glaube nicht, dass wir uns kennengelernt haben. Er weiß doch gar nichts von mir, und ich nichts über ihn.

Aber ich weiß ja auch nichts von Felix. Gar nichts! Und trotzdem hab ich das Gefühl, als würde ich ihn schon ewig kennen, und das ist einfach nur verrückt und irgendwie unerklärlich.

Als der Mann weg ist, schimpfe ich mit Mama. Doch Mama will nicht mit mir reden.

»Davon verstehst du nichts, Roberta«, sagt sie.

Und das ist wirklich gemein, denn sie weiß sehr wohl, dass ich davon was verstehe. Immerhin bin ICH verliebt und sie NICHT. Und der Mann war es auch, er war total in Mama verknallt.

»Warum magst du den nicht?«, frage ich sie.

»Roberta, bitte lass mich in Ruhe. So was geht eben nicht auf Knopfdruck.«

Ich muss seufzen. Ja, sie hat recht. Bei Felix geht es ja auch nicht auf Knopfdruck. Er verliebt sich einfach nicht zurück.

Das mit der Liebe ist manchmal ganz schön ungerecht.

8. Kapitel

Jürgen guckt ganz komisch, als ich mit Hedi auf seinen Beratungsstühlen Platz nehme. Hedi drückt ihm einen Strauß Strohblumen in die Hand. Den Tipp hat sie von mir. Und da ist Jürgen baff. Das hat er nicht erwartet. Ich lächele ihn an. Aldo, der auch mit ist, schnuppert an den Strohblumen. Er würde gern mit ihnen spielen, das kann man ihm an der Hundenase ablesen.

»Kenn ich Sie nicht von irgendwoher?«, fragt Jürgen.

»Vielleicht noch von der Bühne«, flötet Hedi.

Jetzt ist Jürgen beeindruckt. »Natürlich, Sie haben früher gesungen!«

»Ist schon eine Weile her«, sagt Hedi.

»Und Sie sind Robertas Oma?«

»Nein, wir sind Freundinnen«, sagt Hedi und hebt kurz ihre Augenbrauen. Ich glaube, Jürgen ist ungefähr so alt wie Hedi. Ich erinnere mich, wie Mama nach meiner Anmeldung zum Zeichenkurs gesagt hat, dass Jürgen eigentlich nicht mehr arbeiten müsse, weil er schon Rentner ist, aber dass die Arbeit hier sein Ehrenamt ist.

Hedi räuspert sich und beginnt zu reden.

»Wir kommen mit einer Bitte. Meine Freundin Roberta macht sich Sorgen um einen Jungen, der neu in ihrem Kurs ist.«

Jürgen lehnt sich zurück. Er wartet. Hedi redet weiter.

»Wir wollten Sie fragen, ob Sie uns die Adresse des Jungen geben könnten, damit Roberta ihn besuchen kann, um zu sehen, ob es ihm gut geht.«

Jürgen lacht. »Verehrte Dame, ich kann Ihnen doch nicht einfach die Adresse eines unserer Kinder geben. Haben Sie noch nie was vom Datenschutzgesetz gehört?«

»Wissen Sie«, und jetzt beugt sich Hedi weiter über den Tisch. Unterm Tisch kommt nun auch wieder Leben in Aldo. »Dieser Junge scheint Eingewöhnungsschwierigkeiten zu haben und es tut ihm sicher gut, wenn Roberta sich ein bisschen um ihn kümmert.«

Jürgen guckt zu mir. Dummerweise werde ich knallrot. Trotzdem nicke ich heftig.

»Tut mir leid, da sind mir die Hände gebunden, das müssen Sie verstehen. Es ist schön, dass Roberta sich um andere kümmern will. Warum fragst du den Jungen nicht selber, wo er wohnt?«

Die Frage ist an mich gerichtet, aber ich kann sie nicht beantworten. Klar, das klingt einfach. Ich könnte Felix einfach fragen. Doch ich kann Jürgen nicht erklären, warum das nicht geht.

»Tut mir leid, aber ich kann nicht einfach Daten herausgeben«, bekräftigt Jürgen noch einmal.

»Hab ich dir doch gesagt«, sagt Hedi plötzlich zu mir. »Du wolltest mir ja nicht glauben!«

Überrumpelt schau ich Hedi an. Das hatten wir nicht verabredet, dass sie das zu mir sagt.

Sie lächelt Jürgen an und plötzlich reden sie über ganz andere Dinge, über Opern. Es fallen Namen wie »*Mimi*«, »*Puccini*«, »*Ma-*

rio«, »*die Callas*«, »*Königin der Nacht*«, ich kenne die alle von Hedi. Auf mich achten sie gar nicht mehr. Eigentlich müsste ich sauer sein. Doch irgendwas sagt mir, dass ich besser stillhalte.

Nach einer ganzen Weile sagt Hedi: »So! Dann wollen wir mal wieder!«

Sie steht auf, doch dann setzt sie sich wieder, anscheinend hat sie was vergessen, das sieht man ihr an.

»Wenn wir schon mal hier sind, sollten wir doch gleich deine neue Telefonnummer hinterlassen.«

Wir haben keine neue Telefonnummer. Ich will gerade den Mund öffnen, da tritt mich Hedi unterm Tisch. Au!

Jürgen lacht und holt einen Ordner aus dem Regal. Er kramt eine Weile und holt schließlich aus dem Blätterstapel meinen Anmeldebogen zum »Malkurs I« heraus.

Ich sehe, wie Hedi heimlich etwas unter den Tisch schmeißt. Was macht sie da? Was ist das für ein Plan?

Während Hedi nun irgendwas auf das Blatt kritzelt und dabei ziemlich laut raschelt, stellt Aldo schwanzwedelnd seine Vorderbeine auf Jürgens Schoß und leckt sich das Maul. Dann schnüffelt Aldo an Jürgens Bein. Jürgen lacht, beugt sich herunter und streichelt Aldo. Hedi hat den aufgeschlagenen Ordner wie zufällig ein Stück zu sich herangezogen. Schließlich scheint sie fertig und gibt Jürgen das Blatt zurück, er heftet es wieder ab. Also, irgendwas ist hier gerade passiert, aber ich weiß nicht, was.

Kurz darauf stehen wir wieder auf der Straße. Ich schaue Hedi fragend an.

»Jetzt fühl ich mich aber wie nach einem kurzen Schleudergang

in der Waschmaschine«, sagt sie und läuft weiter. Ich lass ihr einen kleinen Vorsprung, um sie dann hüpfend einzuholen.

»Was sollte das alles?«

Hedi grinst triumphierend.

»Hast du gar nichts bemerkt?«

Ich überlege krampfhaft.

»Während Aldo den netten Jürgen mit seinem Leckerli abgelenkt hat, das ich ihm unter den Tisch geworfen hab, habe ich in den abgehefteten Blättern kurz auf den Anmeldebogen von Felix geschaut. Der war ganz oben, ist ja noch nicht so lange dabei, dein Felix.«

Wie angewurzelt bleibe ich stehen. Das ist doch nicht zu glauben!

Hedi klatscht in die Hände. »Wir haben jetzt seine Adresse. Hör gut zu: Shakespearestraße 63 a.«

Shakespearestraße 63 a. Ich falle Hedi um den Hals.

»Und er heißt Felix Feyerabend.«

FELIX FEYERABEND!

Das ist der schönste Name, den ich je gehört habe. Felix Feyerabend und Roberta Bansin. Ich muss lachen, weil ich mich einfach so freue.

»Das haben wir, also du, Hedi, das hast du toll gemacht!«

Doch jetzt guckt Hedi ganz ernst und hebt ihren Zeigefinger. »Aber dir ist hoffentlich klar, dass wir etwas Verbotenes gemacht haben. Dieser Jürgen, der hat alles richtig gemacht. Das darf er nämlich nicht, einfach so Adressen rausgeben. Wir, wir haben eigentlich ganz schön gemogelt. Das ist eine Ausnahme. Das darfst du nie wieder machen!«

Ich nicke.

»Versprich mir, dass du das nie machst, andere Leute beschummeln!«

Ich nicke noch mal und drücke Hedi einen Kuss auf die Wange.

Wenn man verliebt ist, macht man manchmal unvernünftige Sachen, die sich trotzdem gut und richtig anfühlen.
(Wie bei den Blumen, die ich klauen musste.)

Zu Hause setze ich mich vor Felix' Bild und weiß gar nicht, was ich jetzt denken soll. In meinem Bauch kitzelt irgendwas von innen, als ob da einer mit einer Feder langläuft. Ich lege mich lang auf den Fußboden und starre an die Decke. Ich hebe meine Hände in die Luft und stelle mir vor, ich könnte mit ihnen bis an die Decke reichen. Es fühlt sich echt an. Auch das gehört zu meinen neuen Superkräften. Ich drehe mich auf die Seite und rolle mich zusammen, ich schließe die Augen und lache in mich hinein. Felix Feyerabend aus der Shakespearestraße hasst Malen und Zeichnen und hat die schönsten Haare der Welt. Überall ist Felix, wenn ich die Augen aufhab, ist er da und auch, wenn ich sie schließe. Er wohnt in meinem Kopf, in meinem Herz, überall. Ich denke an sein Gesicht, wie er mich angesehen hat, als ich gelesen hab, was er auf sein Blatt geschrieben hat. Morgen gehe ich gleich zu ihm. Ich werde bei ihm klingeln und dann wird er mir die Tür öffnen! Ich stelle mir sein Gesicht vor. Wie wird er gucken, wenn er mich sieht?

Mit einem Mal sitze ich kerzengerade.

Ja, wie wird er wohl gucken? Und dann … ja, was dann?

JA, WAS SAG ICH DENN DANN ZU IHM?

Das geht ja gar nicht! Denn wie soll ich das erklären? Wir kennen uns doch nicht. Soll ich sagen: »Du, mit einem Trick habe ich deine Adresse rausgekriegt.« Nee, was soll er dann von mir denken?

Jetzt wird mir von einem Moment auf den anderen total klar, dass jetzt alles NOCH komplizierter ist. So ist das, wenn man schummelt, dann wird alles noch verzwickter.

Eben war noch alles schön, jetzt ist alles ganz schrecklich. Die Feder kitzelt mich jetzt nicht mehr im Bauch, sondern eher im Hals. Mir ist schlecht. Wenn ich jetzt noch eins von Hedis traurigen Schallplattenliedern hören würde, würde ich losweinen. Was soll ich nur machen? Ich muss Hedi sprechen, sofort. Auf meinem Handy ist kein Guthaben mehr, also schleiche ich in den Flur. Mama macht Abendbrot und hört dabei laut Musik in der Küche. Vorsichtig nehme ich das Telefon ab. Hedis Nummer ist gespeichert.

Tuut, tuut, macht es.

»Klingenberg«, sagt Hedis Stimme am anderen Ende.

In Windeseile erzähle ich ihr flüsternd von meinen Sorgen. Ich werde immer schneller, denn ich will nicht, dass Mama mitbekommt, dass ich mit Hedi telefoniere. Seit dieser Mann bei uns war, reagiert sie komisch auf das ganze Thema.

Und Hedi eiert nicht lange herum, denn das macht sie nie, sie sagt immer sofort, was sie denkt:

»Roberta. Jetzt musst DU aber mal mutig sein. Geh hin und offenbare deine Gefühle. Steh zu ihnen. Sag Felix alles. Das musst du jetzt riskieren. Wir haben einmal getrickst, aber damit ist jetzt Schluss, Roberta. Wer verliebt ist, muss irgendwann auch mal die Karten auf den Tisch legen.«

»Und wenn Felix mich gar nicht mag?« Meine Stimme ist schon von allein ganz leise, ich brauche gar nicht zu flüstern, damit Mama mich nicht hört.

»Das kann passieren. Damit müssen Verliebte leben. Das ist so. Das war schon immer so. Man kann immer einen Korb kriegen.«

»Einen Korb?«, frage ich zurück.

»Das sagt man so: Wenn ein Mädchen einen Jungen fragt, ob er mit ihr ausgeht, und er sagt Nein, dann hat er ihr einen Korb gegeben.«

»Einen Korb«, murmele ich vor mich hin, als ich wieder auflege. Doch da steht Mama im Flur und schaut mich fragend an. Ich habe nicht bemerkt, dass sie in den Flur gekommen ist.

»Was ist mit dem Korb?«, fragt sie und unsere Augen wandern zu dem Einkaufskorb, der im Flur steht.

»Ist mir grad so eingefallen.«

Mama bekommt eine Stirnfalte.

»Mit wem hast du telefoniert? Mit Hedi? Was heckt ihr beide denn schon wieder aus?«

Seufzend gehe ich an ihr vorbei in die Küche.

»Mama?«

»Ja?«

»Dieser Mann mit den Blumen?«

»Ja?«

Mama rührt weiter im Topf, der auf dem Herd steht, und dreht sich nicht zu mir um.

»Ist der verliebt in dich?«

Mama holt tief Luft. Jetzt dreht sie sich doch um.

»Ich glaube schon.«

»Hat er es nicht gesagt?«

»Nein, gesagt hat er es nicht.«

»Aber du weißt es?«

Mama dreht den Herd runter und setzt sich zu mir.

»Ja, ist er. So, wie er sich benimmt. Die ganzen Blumen. Ständig will er mit mir ausgehen. Er guckt mich immer komisch an und ist verlegen.« Jetzt muss Mama lächeln. »Es ist übrigens ein Kollege aus dem Büro.«

Ich lass nicht locker: »Er hat nicht gesagt, dass er verliebt ist, aber Hedi sagt, man muss es dem anderen sagen, wenn man verliebt ist. Sie sagt, man muss zu seinen Gefühlen stehen.«

Mama holt tief Luft. »Soso, sagt Hedi.«

»Stimmt das etwa nicht?«

Mama überlegt. »Doch, schon. Klar, Hedi hat recht. Aber in dem Fall ist es so offensichtlich, dass er verliebt ist, der muss gar nichts mehr sagen. Ich merke es ja.«

Weil ich nun still bin, steht Mama wieder auf und dreht den Herd wieder an. Ich überlege. Wenn man es sowieso merkt, muss man also nichts sagen. Merkt man denn bei mir, dass ich in Felix verliebt bin? Hat Felix bis jetzt irgendwas bemerkt? Hedi hat es bemerkt. Aber Felix? So, wie er sich benimmt, weiß man ja überhaupt nicht, was er bemerkt und was nicht. BEI FELIX WEISS MAN NIE, WAS ER DENKT. Erst guckt er nicht, dann guckt er durch einen durch, dann rennt er plötzlich weg. Und sagen tut er sowieso nichts. Man wird überhaupt nicht schlau aus ihm. Und selbst wenn man es sofort sehen

würde, dass ich in ihn verliebt bin, wüsste ich nicht, wie er das findet. Also muss ich diejenige sein, die etwas sagt. Ich pule an einem alten Kerzenwachsfleck auf dem Küchentisch und stelle mir vor, wie ich vor Felix stehe und ihm sage, dass ich in ihn verliebt bin. Das geht überhaupt nicht. Das kriege ich nie hin! Ich muss wieder an den Mann mit den Blumen denken. Vielleicht geht es ihm so wie mir, obwohl ich es mich nicht mal trauen würde, mit einem Blumenstrauß vor Felix' Tür zu stehen. Stattdessen hab ich die Blumen im Zeichenkurs auf den Tisch gestellt und gebracht hat das ja gar nichts.

»Mama!«, rufe ich. Mama dreht sich erschrocken um. »DU weißt, dass der Mann in dich verliebt ist. Aber weiß ER auch, dass DU NICHT in ihn verliebt bist? Du musst es ihm sagen!«

Mama ist völlig verdattert. Von dem Quirl in ihrer Hand tropft Tomatensoße auf den Fußboden und sie starrt mich gedankenverloren an. »Ach Roberta«, sagt sie, aber ich sehe, dass sie gar nicht weiß, was sie sagen soll. Ich kenne diesen Gesichtsausdruck.

Jetzt schüttelt Mama den Kopf. Sie ärgert sich. Aber ich weiß, dass ich recht habe. Dieser Mann weiß nicht genau, ob er bei Mama eine Chance hat, und er bringt ihr Blumen, weil er hofft, dass Mama sich darüber freut. Sie muss ihm einen Korb geben oder er gibt nie auf. Das bedeutet aber auch, dass Mama diesen Mann traurig machen muss, wenn sie ihm sagt, dass sie nicht in ihn verliebt ist.

Das mit dem Verliebtsein ist sehr kompliziert.
Oder andersrum: Es ist ganz einfach –
entweder man ist verliebt oder man ist es nicht.

9. Kapitel

Ich weiß, wo die Shakespearestraße ist. Wenn man vor dem Kinder- und Jugendtreff steht, muss man bis ganz runter gehen, dann rechts einbiegen und eine Weile geradeaus laufen, dann kommt irgendwann links die Shakespearestraße. Ich beeile mich nicht, nein, stimmt nicht, eigentlich werde ich immer langsamer. Ich habe mir über die Mütze noch die Kapuze drübergezogen und hoffe, man erkennt mich nicht sofort. Als ob es ein Geheimnis wäre, dass ich zu Felix gehe. Aber so bleiben auch meine Ohren warm. Es ist nun schon so kalt, dass ich die Hände in den Taschen behalten muss. Und es ist einfach immer nass.

Zuerst wollte ich Marlene fragen, ob sie mich begleitet. Weil das weniger auffällig ist und weil ich dann nicht allein gewesen wäre. Aber dann hab ich mir gedacht, dass ich ja gar nicht will, dass Marlene dabei ist, wenn ich Felix treffe. Das wäre ja noch peinlicher! Ich hab dann trotzdem gefragt, aber sie hatte gar keine Zeit. Sie findet Anton immer noch süß, und wenn sie das sagt, klingt es ganz normal. Sie bleibt irgendwie ganz ruhig dabei. Ich könnte das nicht. Sie war auch gar nicht erstaunt, als ich erzählt habe, dass ich verliebt bin. Sie wollte nur wissen, wie Felix aussieht und auf welche Schule er geht. Aber das weiß ich ja nicht.

Zum Glück aber habe ich heute Aldo dabei. Hedi hat ihn mir geborgt. Und falls mich wer fragt, was ich in der Shakespearestraße mache, weil ich dort doch gar nicht wohne, kann ich immer noch sagen, dass ich nur mit Aldo Gassi gehe. Dann merkt keiner, dass ich heimlich nachschaue, wo Felix wohnt. »Du bist mein Alibi«, sage ich zu Aldo und er guckt mich von unten mit einem lieben Hundeblick an.

Es gibt die Nummer 61, 62, 63 und 64, aber nirgends eine 63 a. Ich laufe die Straße auf und ab und dann verlässt mich der Mut. Ich gehe die Shakespearestraße bis ganz zum Ende, über den breiten Fahrradweg, der in die Heide führt, hinüber, bis ans Ufer des Flusses. Mir kommt es vor, als wäre er größer geworden. Regentropfen machen Punkte in das dunkle Wasser. Es sieht schmutzig aus. Ein paar Enten schwimmen ungestört am Ufer entlang. Drüben am anderen Ufer geht ein Paar eingehenkelt. Sie bleiben stehen, er guckt zu ihr runter und dann küssen sie sich. Ich gucke wieder aufs Wasser. An einer Stelle liegt ein großer Stein, er liegt dem Wasser im Weg, also teilt es sich und fließt rechts und links vorbei. Wasser fließt irgendwie immer weiter, es lässt sich nicht aufhalten. Ich muss an unseren Urlaub am Meer denken, wie ich da versucht habe, am Strand ein großes Loch auszuheben und daneben eine Burg zu bauen, ein Schloss mit einem Graben drum herum. Das Wasser hat sich nicht aufhalten lassen, es kam immer näher an meine Burg heran, bis es alles kaputt gemacht hat. Man kann versuchen, eine Mauer zu schaufeln, doch das Wasser bleibt nur für kurze Zeit dahinter. Dann überschwemmt es einfach die Mauer und mit einer einzigen Welle verwandelt das Meer einen großen Turm aus Sand in einen kleinen

Hügel aus Sand, mit einem Schwapp. Man kann nichts machen. Und so fließt auch das Wasser in unserem Fluss immer weiter dahin, immer in dieselbe Richtung, als ob nichts wäre. Ich stelle mir vor, wie ich mit Felix hier am Fluss entlangspaziere. Ich stelle mir vor, wir würden uns dabei an den Händen fassen. Vor Aufregung gehe ich automatisch schneller. Ich laufe in Fließrichtung des Flusses. Ich fange an zu rennen und ich muss lachen. Ich stelle mir vor, Felix würde an meiner Seite rennen, wir würden einfach nur neben dem Fluss entlangrennen, aber Hand in Hand natürlich. Vorstellen kann man sich das ja. Aber neben mir rennt nur Aldo, er liebt Rennen.

Ich gehe wieder zurück in die Shakespearestraße, um noch einmal die Nummer 63 a zu suchen. Ein bisschen bin ich noch aus der Puste, aber das scheint zu helfen, denn nach einer Weile komme ich drauf, dass sie in einem Hinterhof sein muss. Es gibt einen Torbogen neben der Nummer 63, ich gehe hindurch und werde fast umgerannt. Mir kommt einer entgegengestürmt und im nächsten Moment ist der schon vorbei. Der hatte es aber eilig. Oder war es ein Mädchen? Irgendwie sah sie unter der tief in die Stirn gezogenen Mütze so ähnlich aus wie Vanessa-Loch-Nessie. Ach was, ich seh schon Gespenster.

Ich stehe im Hinterhof. Hier ist ein Wohnhaus und es hat die richtige Nummer: 63 a. Ich bin angekommen. Es ist schön hier, Gras wächst, eine bunt angestrichene Bank steht da und viele Blumentöpfe, aus denen jetzt aber nur verblühtes, braunes Zeug hängt. Ich gucke runter zu Aldo, er lässt seine rosa Zunge rechts aus dem Maul hängen und lächelt. Er wedelt mit dem Schwanz und ich weiß, dass er diesen neuen Platz gern erkunden möchte. Bestimmt will er über-

all schnuppern und an einem der Blumentöpfe sein Bein heben. Als Hund darf er das. Ich lasse Aldo von der Leine und setze mich vorsichtig auf die Bank. Nur ganz vorsichtig und nur vorn auf den Rand setze ich mich, ich bin mir nicht sicher, ob ich das tue, weil die Bank ganz kalt und feucht ist, oder weil ich das Gefühl hab, mich hier eingeschlichen zu haben. Ich komme mir vor wie ein Spion, mein Herz klopft bis zum Hals.

Ich gucke auf die Eingangstür der Nummer 63a und genau in dem Moment öffnet sie sich und heraus kommt: Leo Löffler.

LEO?

Also na gut, ich weiß ja nicht, wo Leo wohnt, aber es ist schon komisch, dass er ausgerechnet HIER wohnt. Leo hat wieder diesen verträumten Blick, als ob er mehrere Zentimeter über dem Boden schwebt. Er streckt seinen Kopf gen Himmel, reibt sich andächtig über den Bart und zieht ganz tief die Luft ein. Er hat mich noch nicht entdeckt und eigentlich will ich auch nicht, dass er mich entdeckt,

aber zum Verstecken ist es jetzt zu spät. Dann öffnet sich wieder die Tür und heraus kommt eine Frau, und es ist genau die Frau, die letztens vor dem Kinder- und Jugendtreff stand und auf Leo gewartet hat. Leo legt sofort einen Arm um sie. Sie stellt sich auf die Zehenspitzen und lächelt ihn an und dabei sind sie beide irgendwie ganz weit weg, als stünden sie gar nicht mehr hier in diesem Hinterhof.

Aber wieso sind die denn plötzlich alle ausgerechnet hier, in der Shakespearestraße 63 a?

Dann entdeckt Leo mich und er ist ebenfalls sehr erstaunt.

»Roberta!«

Mechanisch erhebe ich mich von der Bank.

»Was machst du denn hier? Ach, willst du vielleicht unseren Felix besuchen?«

Hilflos schaue ich von Leos Gesicht zu dem Gesicht der Frau.

UNSEREN FELIX?

»Roberta ist auch in meinem Zeichenkurs«, murmelt Leo in das Ohr der Frau und drückt abschließend noch einen Kuss drauf. Die Frau strahlt mich an und jetzt sehe ich, dass sie die gleichen Haare und Augen hat wie Felix. Sie sagt:

»Das ist aber eine Überraschung! Da wird sich Felix aber freuen. Felix, schau, Besuch für dich.«

Und in dem Moment geht sie zur Seite und genau hinter ihr steht Felix, den ich überhaupt nicht bemerkt habe. Sofort sinke ich wieder auf die Bank und mit einem Schlag sind alle meine neuen Superkräfte verschwunden.

Felix hat seine Kapuze ebenfalls tief ins Gesicht gezogen und er sieht nicht aus, als ob er gute Laune hat.

»Weißt du, dann musst du nicht mit einkaufen kommen. Bleib ruhig hier bei Roberta«, sagt seine Mutter.

Felix sagt nichts, ich auch nicht.

»Sollen wir dir was mitbringen?«, fragt Leo.

Felix schüttelt den Kopf und gleich sieht Leo nicht mehr aus, als schwebe er über dem Boden. Er hat die Hände in die Seiten gestemmt.

»Du könntest dich ruhig auch mal über was freuen«, sagt er.

»Lass doch, das wird schon«, sagt die Frau und zieht Leo weiter. Sie winkt und schon im nächsten Moment kann man ihr gemeinsames Kichern hören, das im Torbogen wiederhallt. Eine Weile später ist es ganz still, nur Aldos freundliches Schnüffeln ist zu hören. Der Regen ist stärker geworden, eigentlich ist es ganz schön ungemütlich.

**Wenn man verliebt ist,
ist einem manchmal die Kehle wie zugeschnürt.**

Aber irgendwas muss ich ja sagen. Felix jedenfalls sagt nichts.

»Wohnst du hier?« Etwas Besseres fällt mir nicht ein.

Felix zuckt mit den Schultern. Ich meine, ich weiß ja, dass er hier wohnt, aber warum sagt er dann nicht einfach Ja?

Felix Feyerabend, DU musst doch wissen, wo du wohnst!

Doch dann kommt Bewegung in Felix.

»Ja, ich wohne hier. Aber ich will hier nicht wohnen.«

Er schiebt seinen langen Pony in die Kapuze zurück und deutet auf Aldo. Das heißt, er will wissen, ob das mein Hund ist. Ich verstehe ihn, auch wenn er nichts sagt.

»Nein«, sage ich. Doch ich bin so aufgeregt, dass nur ein Krächzen aus meinem Hals kommt. Jetzt guckt Felix komisch. Er wühlt in seiner Tasche und nach einer Weile reicht er mir ein Bonbon. Es ist das erste Mal in meinem Leben, dass mir ein Junge ein Bonbon schenkt, und ich werde knallrot.

»Danke.«

Felix nickt ernst. Ob er jemals lächelt? Umständlich wickele ich das Bonbon aus dem Papier, und als ich es aus dem Papier heraus habe, fällt es augenblicklich in den Schmutz und ich kann ihm nur noch hinterhergucken.

»Oh«, sage ich. Mehr fällt mir nicht ein.

Felix guckt auch auf das Bonbon im Schmutz. Umständlich kramt er in seinen Taschen, er sucht ein neues und gibt mir gleich zwei. Das ist so peinlich! Ich muss mich wieder auf die Bank setzen, sonst fall ich noch um, einfach so.

»Das ist Aldo«, sage ich schnell. »Er gehört meiner Freundin Hedi. Ich führe ihn manchmal aus.«

Wie das klingt: »Ich führe ihn manchmal aus«! Wenigstens hab ich nicht »Gassi« gesagt, das ist ein blödes Wort. Felix denkt bestimmt, ich bin total langweilig! Als Aldo seinen Namen hört, kommt er gleich angerannt und streicht um meine und Felix' Beine. Felix bückt sich und streichelt Aldo, dabei rutscht sein Pony wieder unter der Kapuze hervor, wie ein kleiner Vorhang. Wenn er wüsste, warum ich wirklich hier bin. Wenn er wüsste, wie gern ich ihn hab. Ob es so mutige Menschen gibt, die, wenn sie sich in jemanden verlieben, ihm das sofort sagen? Wenn ich mutig wäre, würde ich jetzt die Gelegenheit am Schopfe packen und sagen:

»Felix Feyerabend, ich muss dir was sagen. Ich habe mich ganz schrecklich in dich verliebt. Ich finde dich wunderschön und geheimnisvoll und ich wollte dich fragen, ob wir vielleicht mal zusammen Eis essen gehen. Auch wenn es eigentlich schon zu kalt zum Eisessen ist, denn es ist ja bald Winter, aber man kann ja reingehen, also in ein Eiscafé, ins Warme ...«

Aber das ist doch alles viel zu umständlich und klingt voll be-

scheuert. Felix würde mich ja für verrückt halten. Er hat sich jetzt neben mich auf die Bank gesetzt und ich guck ihn vorsichtig von der Seite an.

»Ganz schön kalt«, sagt Felix. Ich nicke. Mein Po ist auch schon ganz kalt und nass vom Sitzen und meine Füße sind es schon lange. Oben am Himmel wird es immer dunkler, sehr ungemütlich sieht es da aus. Die Blätter in den Bäumen, die, die noch da sind, rascheln immer lauter, so sehr fährt der Wind hin und her.

»Ich muss Aldo langsam zu Hedi zurückbringen. Kannst ja ein Stück mitkommen.«

Hab ich das wirklich gesagt? Ich? Kommen jetzt vielleicht meine Superkräfte wieder? Und er? Er sagt bestimmt Nein. Ich stehe einfach auf und rufe Aldo, um ihm die Leine anzulegen. Meine Hände zittern dabei, deshalb dauert es länger als sonst. Am besten, ich gehe jetzt einfach. Ich drehe mich um und hebe ein bisschen die Hand. Doch Felix steht auf und kommt zu mir, ich beginne, Richtung Torbogen zu laufen. Felix läuft einfach an meiner Seite mit.

Es ist nicht zu fassen: Da, wo er läuft, neben mir, ist es VIEL WÄRMER als auf der anderen Seite, wo Aldo läuft.

Wie kann das überhaupt sein, dass wir jetzt hier nebeneinander herlaufen, obwohl wir kaum ein Wort miteinander gesprochen haben? Ist es also doch so einfach? Jetzt wage ich einen Seitenblick. In dem Moment guckt auch Felix zu mir. Ich lächele, aber nur ein kleines bisschen, und guck schnell wieder nach vorn, aber eigentlich könnte ich umfallen vor Glück. Oder einen Kopfstand machen. Ich bin ganz dusslig vor Freude. Wir laufen immer weiter, über die

Turmstraße hinüber und biegen in die Talstraße ein. Dass wir jetzt einfach so nebeneinander herlaufen, macht mich mutig. Wir können reden. Aber vorher muss ich mich beruhigen, sonst bekomme ich keinen geraden Satz heraus.

Ganz tief einatmen. Ausatmen. Noch einmal. Jetzt geht es. Hilfe, ich bin so AUFGEREGT!

»Warum hast du das im Kurs auf dein Blatt geschrieben? Dass du Zeichnen und Malen hasst?«

Jetzt ist es raus.

»Weil es so ist«, sagt er und sein Gesicht wird noch finsterer, als es ohnehin schon ist. Und dann bleibt Felix stehen. Er guckt mich kurz an, dann gleich wieder auf den Boden. Und er sagt: »Vor allem hasse ich Leo. Wegen dem muss ich hier sein. Wegen dem musste ich aus unserer Stadt hierherziehen. Nur, weil sich meine Mutter in Leo verliebt hat. Und mich hat keiner gefragt. Ich hasse Leos Malkurs. Ich hasse es, dass sich Leute ineinander verlieben. Ohne das blöde Verlieben wäre ich jetzt noch zu Hause bei meinen Freunden. Ich werde mich jedenfalls niemals in meinem Leben verlieben, das weiß ich genau.«

NIEMALS.

Er wird sich niemals verlieben!

Jetzt könnte ich eigentlich tot umfallen.

Gerade eben war alles noch so schön. Jetzt geht die Welt unter. Der Wind heult mit einem Mal los, er braust und schlägt Purzelbaum durch die Straße. Bäume gehen in die Knie, Mülltonnendeckel klappen auf, der ganze Müll fliegt über die Straße. Die Leute fangen an zu rennen. Ein Unwetter – das passt jetzt genau zu meiner Stim-

mung. Wir stehen auf dem Fußweg und bewegen uns nicht von der Stelle. So ist das wohl bei einem Weltuntergang. Es macht keinen Sinn, wegzurennen, denn wenn die Welt untergeht, geht sie unter. Und alles ist nur noch traurig.

Der Wind bläst Felix die Kapuze vom Kopf und lässt seinen Pony senkrecht vom Kopf abstehen. Am liebsten würde ich seinen Pony hinter seine Ohren klemmen. Mit meinen Haaren kann ich das nicht machen, sie sind viel zu kurz dafür.

»Ab, nach Hause mit euch, aber dalli«, ruft uns plötzlich ein Mann zu. Doch ich bin wie gelähmt. Felix wird sich nicht verlieben, ich versuche immer noch, das zu begreifen. Ich bin in Felix verliebt, aber Felix ist nicht in mich verliebt. Und das wird sich nie ändern, hat er ja gerade selbst gesagt. Das war's.

Felix steckt seine Hände noch tiefer in die Taschen seiner Jacke, er guckt jetzt richtig finster. Am liebsten würde ich ihn umarmen, aber das kann ich natürlich unmöglich machen. Ich wickele meine Arme um meinen Bauch, denn der Wind zieht an jeder Ecke in den Anorak hinein und macht überall Gänsehaut.

»Meine Mama sagt immer, man kann vorher nie wissen, wann und in wen man sich verliebt«, höre ich mich sagen und erschrecke über mich selber. Aber gesagt ist gesagt, es ist draußen. Ach, was mach ich jetzt nur?

Ich kann es nicht glauben: Ich bin in jemanden verliebt, der das Verlieben hasst!

»Aber deswegen muss man doch nicht gleich alles stehen und liegen lassen und in eine andere Stadt ziehen!«, schreit Felix gegen den Wind an. Er sieht aus, als würde er gleich anfangen zu heulen.

Aldos Winseln dringt an mein Ohr, den hatte ich ganz vergessen. Aldo muss wirklich ganz schnell nach Hause zu Hedi. Auch Felix schaut runter zu Aldo, der am ganzen Körper zittert. Und dann beginnt es auch noch zu hageln. Felix schaut sich unsicher um.

»Komm mit!«, brülle ich und wir rennen los. Da vorn ist schon die Schulstraße, dahinter beginnt die Parkstraße und dort wohnt Hedi. Nur einige Minuten später stehen wir schwer atmend bei Hedi vor der Tür, klitschnass sind wir trotzdem geworden. Hedis hellblaue Augen werden noch heller, als sie uns vor der Tür stehen sieht. Sie winkt uns rein, verfrachtet Felix ins Badezimmer und mich ins Schlafzimmer, damit wir die nassen Sachen ausziehen. Wenig später sitzen wir in Decken gewickelt im Wohnzimmer, Felix auf der Couch und ich auf einem der gepolsterten Stühle, vor uns dampft die Teekanne. Ich gucke Felix vorsichtig an, ob er noch da ist, denn alles fühlt sich so unwirklich an. Felix ist da. Er sitzt in Hedis Wohnzimmer und es ist einfach unglaublich.

Felix dagegen guckt sich stumm um.

»Manchmal kommen Sturm und Regen gerade richtig, was?« sagt Hedi und zwinkert mir zu. »Der bläst einen ein ganzes Stück weiter, so schnell kommt man sonst nie vorwärts.«

Ich mache ganz große Augen, weil ich Hedi sagen will: »Schau, Hedi, das ist er, und jetzt ist er hier in deiner Wohnung, was machen wir denn jetzt? Wir müssen doch irgendwas machen, aber ich weiß nicht, was.« Doch Hedi nickt mir nur beruhigend zu, sie hat längst verstanden.

Felix starrt Hedi nur mit offenem Mund an.

»Seid ihr Freundinnen?«, fragt er. »Ihr habt die gleiche Frisur.«

»Natürlich sind wir Freundinnen«, sagt Hedi. »Aber das hat nichts mit unseren Haaren zu tun, junger Mann.«

Hedi steht auf und legt eine Schallplatte auf und Felix guckt so, als hätte er noch nie im Leben eine Schallplatte gesehen. Hat er wahrscheinlich auch nicht. Ich kenne auch niemanden sonst, der noch welche besitzt. Kurz darauf ist das Zimmer voll mit fröhlicher Musik, das ist Mozart, das erkenne ich inzwischen. Immer wenn Hedi Mozart auflegt, muss sie lächeln und seufzen. Eine Frau singt ganz hoch, es klingt, als ob auch sie beim Singen lächelt. Die Musik erfüllt das ganze Zimmer, es ist, als ob jetzt, in diesem Moment, keine andere Musik so gut hierher passen würde wie diese. So, wie Felix guckt, hat er noch nie was von Mozart gehört. Gefällt es ihm? Oder nicht? Ich möchte, dass Felix Musik hört, die ihm gefällt, damit er sich wohlfühlt, aber er sagt einfach nichts. Felix Feyerabend, warum bist du denn so, wie du bist: so kompliziert? Sag doch mal was!

Felix scheint auch nicht zu merken, dass sich das ganze Wohnzimmer um uns herum dreht.

Wenn man verliebt ist,
fühlt sich das manchmal an wie Karussell fahren.

Aber ich, ich merke es. Deswegen muss ich zwischendurch mal die Augen schließen. Ich stopfe meine Hände unter die Schenkel und baumele unterm Tisch mit den Beinen. Es kitzelt auf meinem Kopf, eine Gänsehaut läuft mir über den Rücken. Ich kann nicht anders, ich muss jetzt auch lächeln, richtig breit. Obwohl Felix mir gerade

gesagt hat, dass er sich nicht verlieben wird, ist er dennoch hier, BEI MIR, und das macht einfach alles schön. Und vielleicht hat er das vorhin bloß so dahingesagt? Vielleicht wird doch noch alles gut, man kann doch nicht vorher wissen, ob man sich verliebt oder nicht. Bei mir ist es doch auch einfach so gekommen, ich hatte das nicht geplant.

Hedi zwinkert mir zu.

Vielleicht schafft es Mozart, Felix auch einmal zum Lächeln zu bringen?

»Gefällt dir die Musik?«, frage ich.

Felix zuckt mit den Schultern. »Kenne ich nicht.«

Wenn ich nur wüsste, wie man einen Jungen wie Felix zum Reden bringt.

»Ihr seid also Freundinnen?«, fragt Felix schließlich zurück und knetet seine Hände im Schoß. Auf die Couch passen bequem zwei Leute, doch Felix sitzt so, als müsste er sie sich mit drei anderen teilen.

»Hedi ist meine BESTE Freundin«, sage ich, während Hedi Tee eingießt und kleine Törtchen auf unsere Teller drapiert. Sie sagt kein Wort und ich bin ihr dankbar dafür.

»Weißt du, was ich meine?«

»Ich weiß, was Freunde sind«, sagt Felix mürrisch. »Ich hatte zu Hause welche. Aber jetzt hab ich nicht mal mehr ein Zuhause.«

»Und was ist mit der Shakespearestraße 63 a?«, fragt Hedi nun doch dazwischen. Puh, zum Glück wundert sich Felix nicht darüber, dass Hedi seine Adresse so gut kennt.

»Mama hat mich gezwungen, in die Shakespearestraße zu zie-

hen. Damit sie bei ihrem Leo sein kann. Was mit mir ist …« Felix macht eine heftige Bewegung mit der Hand und dadurch verrutscht Hedis mintgrüne Kuscheldecke, in die er gewickelt ist. Felix stopft die Decke wieder umständlich um sich herum und versucht dann, Verbindung mit dem Törtchen aufzunehmen, so finster starrt er es an.

»Sprechen kann es nicht«, sage ich und werde knallrot, weil ich einen Witz gemacht hab.

Felix guckt mich fragend an.

»Das war ein Witz!«

Felix lacht nicht.

Ich kann es immer noch nicht fassen, dass Felix jetzt hier neben mir sitzt, in Hedis Wohnung, und wir reden, nicht viel, aber immerhin.

»Die schmecken gut«, flüstere ich ihm zu. »Man kann sie sogar im Ganzen in den Mund schieben, aber das sieht Hedi nicht so gern.«

Hedi, die hört, dass ich flüstere, tut sofort, als wäre sie mit etwas anderem beschäftigt. Ich nehme das Törtchen und stopfe es im Ganzen in den Mund.

»Fsieffu«, sage ich.

Felix starrt mich entgeistert an und da, ganz plötzlich, ganz hinten in seinen Augen, flackert was. Er streicht sich die Haare weg und schüttelt den Kopf.

Ich bewege das weiche Cremetörtchen in meinem Mund, damit es kleiner wird und ich es hinunterschlucken kann, und natürlich verschlucke ich mich dabei. Ich huste und huste. Hedi dreht sich

wieder zu uns, sie kommt und klopft mir auf den Rücken. Plötzlich piept ein Wecker in der Küche.

»Meine Roulade«, sagt Hedi. »Ich muss euch kurz allein lassen.«

Doch ich weiß genau, dass Hedi keine Roulade auf dem Herd hat, sie schummelt schon wieder. Sie schummelt für mich. Offenbar hat sie einfach so den Küchenwecker gestellt, damit sie einen Grund hat, hinauszugehen. Das sieht Hedi ähnlich.

Ich wische mir die Törtchencreme aus den Mundwinkeln und verstecke mein Grinsen in der Serviette.

»Hab ich doch gesagt. Funktioniert.«

Felix guckt mich an. Irgendwas hat sich inzwischen in seinem Gesicht verändert, seit wir hier bei Hedi sitzen. Mit einer raschen Handbewegung nimmt er plötzlich sein Törtchen und schiebt es sich ebenfalls in den Mund. Ich muss lachen. Seine Augen werden immer größer.

»Sag mal Mops«, sag ich.

»Fmopf«, sagt Felix.

»Siehst du.«

Ein Klecks Creme fällt aus Felix' Mund und er schaut ihm erschrocken hinterher, wie er auf Hedis hellem Teppich landet.

»Macht nichts«, sage ich und im nächsten Moment kommt Aldo und mit einem Schleck ist der Fleck weg. Verschwörerisch lege ich den Zeigefinger auf den Mund. Felix beugt sich runter und streichelt Aldo.

»Bist du oft hier?«

Ich nicke nur, und weil ich nichts sage, guckt Felix zu mir und zum ersten Mal gucken wir uns an, richtig lange. So lange, bis

Hedi wieder hereinkommt. Sie wechselt summend die Schallplatte und legt Rommékarten auf den Tisch. Meinetwegen könnte der Sturm ruhig noch eine Weile dauern. So langsam bekommt Felix rote Wangen.

Selbst wenn draußen ein Herbststurm tobt,
bleibt es tief drinnen in einem ganz warm, wenn man verliebt ist.

10. Kapitel

Es klingelt und im nächsten Augenblick steht Mama in Hedis Wohnzimmer und Felix packt sein Lächeln sofort wieder ein. Mama will mich abholen, wegen des Sturms, sie will nicht, dass ich allein unterwegs bin. Hedi holt sofort eine Teetasse für sie.

»Gemütlich habt ihr es«, sagt Mama und schaut fragend auf Felix.

»Wer bist du denn?«

»Das ist Felix«, sage ich und kann in Mamas Gesicht sehen, dass ihr jetzt, genau in dem Moment, das Bild einfällt, das wir neulich von Felix ausgedruckt haben. Ich schicke ihr einen warnenden Blick, damit sie nicht irgendwas Blödes sagt, und zum Glück zieht sie nur so ein Ach-so-Gesicht.

»Du bist also der Neue aus dem Malkurs?«, sagt Mama.

Spätestens jetzt weiß Felix, dass ich zu Hause von ihm erzählt habe. Doch er scheint nichts zu merken, er nickt nur brummelnd und schlurft raus zur Toilette. Dabei hält er weiterhin umständlich die Decke um sich rumgewickelt.

»Das …«

»Ja, das ist er«, falle ich Mama ins Wort.

»Ein bisschen trantütig, findest du nicht?«

»Er ist schüchtern«, sage ich. Wie kann Mama so etwas Blödes sagen, wo sie Felix doch erst seit ein paar Sekunden kennt?! Nun ist dieser schöne Nachmittag vorbei, beschädigt, als hätte jemand ein Stück aus ihm herausgebissen.

»Meine Güte, ich hab es doch nicht böse gemeint. Er ist anscheinend sehr … still … oder?«

Ich sage nichts mehr. Felix kommt herein, er hat sich wieder angezogen, unsere Hosen sind trocken. Hinter ihm erscheint Hedi mit einer neuen Teekanne. Dann klingelt es wieder. Hedi drückt auf den Türsummer und wir stehen alle im Flur und horchen auf die Schritte, die im Hausflur nach oben kommen. Da erscheint Felix' Mutter im Türrahmen. Sie hat geweint, das kann man ganz deutlich sehen. Aber warum? Vorhin im Hinterhof war sie noch fröhlich und hat mit Leo gekichert. Jetzt ist Leo nicht mit dabei. Die gute Stimmung ist komplett verschwunden und ich möchte am liebsten alle Mamas auf der Stelle wieder wegschicken.

Wir schauen alle zu Felix' Mutter, Mama nickt ihr zu.

»Sag ruhig Tanja zu mir«, sagt Felix' Mama zu Mama.

»Woher weißt du, dass ich hier bin?«, ruft Felix.

»Ich habe deiner Mama Bescheid gesagt«, gibt Hedi zu und schickt mir einen entschuldigenden Blick. Ich kann kaum glauben, was Hedi sagt! Da bin ich EINMAL mit Felix zusammen, wir beide, und dann sorgt sie dafür, dass Felix gleich wieder gehen muss?

»Draußen der Sturm«, erklärt Hedi weiter, »ich dachte mir, dass sich deine Eltern Sorgen machen.«

»Leo ist nicht meine Eltern«, bellt Felix. Seine Mama schluchzt auf.

Ich stelle mich neben Felix, am liebsten würde ich den Arm um ihn legen.

»Wie hast du denn Bescheid gesagt?«, frage ich »Du warst doch die ganze Zeit hier.«

Hedi guckt jetzt wirklich betreten. »Über Jürgen. Ich hab ihn angerufen, dass er bei Felix zu Hause anrufen und Bescheid sagen soll, dass er hier ist. Dass er hier in Sicherheit ist und es ihm gut geht.«

Ich bin baff. Hedi telefoniert mit Jürgen und ich weiß nichts davon. Aber viel schlimmer ist, dass sie uns verpetzt hat.

Hedi versucht nun vergebens, Felix' Mutter zu einer Tasse Tee zu überreden. Ich sehe, dass Hedi plötzlich ganz blass aussieht, als ob sie das alles sehr anstrengt.

Und dann geht alles ganz schnell. Felix zieht seine Jacke an. Er dreht sich nur kurz zu mir herum, hebt die Hand und geht mit seiner Mutter zusammen zur Tür hinaus. Einfach so, er geht einfach so, ohne vorher noch mal zu mir zu kommen, mir noch etwas zu sagen, das vielleicht nur für mich bestimmt ist. Und jetzt sehe ich ihn wohl wieder tagelang nicht und es ist klar, dass ich das nicht aushalte!

Hedi seufzt laut. Ich renne ins Wohnzimmer und lasse mich auf die Couch fallen, da, wo eben noch Felix saß. Das Polster ist noch ganz warm.

Wenn man verliebt ist, ist man im einen Moment glücklich und im nächsten unglücklich.
(»Himmelhochjauchzend, zu Tode betrübt« nennt Hedi das.)

Kurz darauf stehen Hedi und Mama vor der Couch und reden. Sie sagen lauter Sachen wie: »Es musste sein!«, »Felix' Mama muss doch wissen, wo ihr Sohn ist, bei dem Unwetter!« und »Bestimmt kommt bald die nächste Gelegenheit, wo ihr beide Rommé spielen könnt!« Ich glaube ihnen kein Wort! Ich glaube, ich war noch nie so sauer auf Hedi.

Zu Hause eiert Mama rum. Erst will sie wissen, wie ich mit Felix bei Hedi gelandet bin. Dann schimpft sie, dass ich ihr nicht mal eine Nachricht geschickt habe.

»Ich hatte anderes zu tun«, erkläre ich ihr. »Ich war viel zu aufgeregt!«

Wenn man schon mal mit Felix zusammen sein kann, dann denkt man nicht an so etwas.

»Du musst Hedi verstehen«, sagt Mama. »Sie hat die Verantwortung für euch. Es geht nicht immer nur um dein Verliebtsein.«

Ich antworte nicht.

Dann fragt sie, ob ich ein neues Bild im Zeichenkurs angefangen habe, sie will ablenken. Und weil ich nichts sage, fängt sie mit einem anderen Thema an.

»Du kannst mir helfen, Roberta. In der Agentur arbeiten wir gerade an einer Kampagne für einen Schokoriegel. Das Unternehmen, das den Riegel herstellt, möchte nächstes Jahr zum Valentinstag, also am 14. Februar, eine Werbekampagne zu dem Riegel. Alle Verliebten sollen dann den Riegel kaufen und demjenigen schenken, in den sie verliebt sind. Und da muss ich mir jetzt einen Slogan ausdenken.« Mama guckt mich fröhlich an. »Hast du viel-

leicht eine Idee? Jetzt, wo du auch verliebt bist. Guck, so soll er aussehen.«

Mama öffnet ein Bild auf dem Laptop und es erscheint ein Schokoladenriegel im roten Papier, auf dem lauter Blumen und Herzen drauf sind. Also eigentlich ist es kein echter Riegel, es ist eine Attrappe aus Pappe, um die bedrucktes Papier gewickelt ist. Wir starren beide auf den Bildschirm. Und nach einer Weile sagt sie: »Na ja, richtig gut sieht er nicht aus, was? Es steht aber noch nicht ganz fest, wie das Einwickelpapier aussehen soll.«

Mir fällt es schwer, nicht weiter an Felix zu denken und mich auf diesen Schokoriegel zu konzentrieren. Dabei mag ich das eigentlich, wenn Mama solche Aufgaben aus ihrer Werbeagentur mit nach Hause bringt und sie sich lustige Sachen ausdenken muss. Sie fragt mich oft, wie ich etwas finde. Es ist eine komische Arbeit, die sie macht. Sie muss sich einen Namen für etwas ausdenken oder eine Überschrift. Dann überlegt sie sich fünfzig verschiedene Namen und am Ende nimmt ihr Chef den langweiligsten aus der langen Liste. Das soll einer verstehen.

Jetzt ist es ein Schokoriegel für Verliebte. Ein Schokoriegel, der also auch für mich ist. Ich guck rüber zu Mama. Sie starrt auf den Bildschirm und kaut an den Fingernägeln.

»Hast du dir schon was ausgedacht?«, frage ich.

»Noch nicht viel.« Mama öffnet eine Textdatei und liest: »Ich hab dich zum Fressen gern«. Sie schaut zu mir.

Ich muss lachen.

»Blöd?«, fragt Mama.

Ich nicke.

»Mein Chef sagt, es soll gefühlvoll klingen und nicht lustig. Er will, dass alle, die nächstes Jahr im Februar verliebt sind, diesen Riegel kaufen.«

Mama schaut mich an und zuckt mit den Schultern.

»Vielleicht: Liebe geht durch den Magen?«

Ich schüttele den Kopf.

Ob ich im Februar immer noch in Felix verliebt bin? Bestimmt. So etwas verschwindet doch nicht einfach so! Und vielleicht ist Felix bis dahin mein richtiger Freund. Mein Freund! Mein Felix! Wie das klingt!

»Sag doch auch mal was!«, sagt Mama.

Nun erzähle ich ihr von Hedis missglücktem Plan, Schokolade mit zum Zeichenkurs zu nehmen, und wie Felix sich meine Schokokekse einfach in den Mund gestopft hat, und dass Hedi aber gesagt hat, dass Schokolade am Anfang, wenn man verliebt ist, immer eine Rolle spielt. Mama lehnt sich zurück und lächelt in sich hinein. »Die Hedi«, murmelt sie. Und dann hat sie wieder ihr Nachdenkgesicht.

»Erst ist es Schokolade, dann wird es Liebe«, sagt sie plötzlich. »Wie findest du das?«

Ich zucke mit den Schultern.

»Es beginnt mit Schokolade …«, denkt Mama laut. »Das ist nicht schlecht, oder?«

Ich glaube, mir würde zu diesem Riegel einfach nichts einfallen. Wie soll man eine Stange Schokolade mit dem Verliebtsein zusammenbringen? Das eine ist klein und das andere ist riesengroß, das passt nicht zusammen.

»Würdest du den Riegel für deinen Felix kaufen?«, fragt Mama schließlich nach einer Pause.

»Nein«, sage ich. »Ich glaube, da würde ich mir blöd vorkommen.«

Mama nickt. »Das ist es eben. Dieser Schokoriegel hat nichts mit Liebe zu tun, sondern mit Geld. Der Hersteller will mit ihm einfach nur Geld verdienen, das ist alles.« Mama seufzt.

Dann klappt sie den Rechner zu. »Du und Felix, ihr saht an Hedis Wohnzimmertisch ganz vergnügt aus.«

»Wir haben Karten gespielt«, sage ich.

»Bist du immer noch so sehr verliebt?«

Ich nicke. Und dann muss ich sofort daran denken, wie Felix gebrüllt hat, dass er sich nie, nie, nie verlieben wird, und ich erzähle Mama endlich alles.

Mama sagt mehrere Male hintereinander »Oje«. Das finde ich blöd, weil es sich anhört, als wäre ich ein Kindergartenkind, das hingefallen ist.

Dann denkt sie wieder nach.

»Warte mal ab, das wird sich mit der Zeit ändern. Im Moment ist Felix noch sauer, das musst du verstehen. Aber wenn er sich an sein neues Zuhause gewöhnt hat, wird alles besser.«

Warten! Ich winde mich aus Mamas Armen. »Immer nur warten!«, rufe ich lauter, als ich eigentlich wollte. Mama guckt auch gleich ganz erschrocken. »Ich bin so verliebt, dass es mir beim Warten wehtut!«, rufe ich weiter. »Weißt du denn nicht, wie sich das anfühlt?«

Nun wird Mama blass.

»Doch«, sagt sie. Sie steht auf und öffnet sich eine Flasche Wein. »Aber ich denke, bei dir ist es noch was anderes. Roberta, pst, Ro-

berta, hör mir zu, du bist noch so jung. Wenn dieser Felix nicht der Richtige ist, wirst du einen anderen Jungen kennenlernen, der besser zu dir passt, glaub mir.«

»Felix IST der Richtige«, sage ich.

Mama erwidert nichts, dafür wuschelt sie mit der Hand auf meinem Kopf hin und her, sodass ich ganz verstrubbelt aussehe. Ich kämme mich mit meinen Händen und Mama sieht mir dabei zu.

»Schlaf gut, mein großes Mädchen«, sagt sie. »Und denk nicht so viel nach. Alles wird gut.«

In meinem Zimmer finde ich das Bonbon in meiner Hosentasche, das Felix mir gegeben hat. Ich packe es in die kleine Kiste unter meinem Bett. Als ich schon im Bett liege, höre ich, wie das Telefon klingelt. Wenig später sagt Mama mit lauter Stimme: »Kapier es doch endlich, ich will nichts von dir.« Nun hat sie diesem Blumenmann also doch noch einen Korb gegeben. Später kommt Mama zu mir ins Zimmer. Sie denkt, dass ich schlafe, aber ich tu nur so, und sie setzt sich ganz vorsichtig auf den Rand meines Bettes und streichelt mir die Wange.

11. Kapitel

Es ist Mittwoch und ich stehe vor dem großen Spiegel. Ich gucke mich an, und Marlene, die zu Besuch ist, guckt mich auch an.

»Zieh lieber eine andere Hose an«, sagt sie.

»Warum?«

»Nimm eine, die unten am Knöchel nicht so weit ist, das sieht besser aus.«

Ich wühle in meinem Schrank.

»Und warum lässt du dir nicht endlich die Haare lang wachsen, Roberta? Alle Mädchen haben lange Haare.«

Ich gucke wieder in den Spiegel. Lange Haare? Ich?

»Ich mag meine kurzen Haare.«

Marlene tritt hinter mich. Vorsichtig fährt sie mit dem Zeigefinger über meine Haare, die über dem Ohr wachsen. Sie kichert.

»Fühlt sich lustig an.«

Ich ziehe an Marlenes langen Haaren, sie lacht. Wir lassen uns auf das Bett fallen. Heute ist Mittwoch, ich bin glücklich und aufgeregt.

»Wir haben uns so lange nicht mehr getroffen«, sagt Marlene. »Du hast überhaupt keine Zeit mehr.«

»Wegen Felix«, sage ich. »Verliebtsein ist anstrengend. Wie geht es mit Anton?«

»Er hat mich gefragt, ob wir miteinander gehen«, sagt Marlene und lächelt.

»Wirklich! Und, hast du Ja gesagt?«

»Natürlich!«

»Hat dir Anton auch Blumen geschenkt? Oder Schokolade?« Ich frage ganz leise.

Marlene zieht die Nase kraus. »Wieso das denn?«

Dann erzähle ich ihr von meiner Aktion mit den Blumen. Marlene lacht sich scheckig: »Wie kommst du denn auf so eine bescheuerte Idee. Das ist ja voll peinlich und altmodisch.«

Ich muss schlucken. Aber ich bin froh, dass ich es Marlene erzählt hab. Von der Aktion mit Hedi bei Jürgen sag ich lieber nichts. Bevor sie geht, borgt sie mir noch ihr Lipgloss.

Große Pfützen vertreiben die Leute vom Gehweg. Alle haben die Kapuzen tief ins Gesicht gezogen oder sind unter Schirmen versteckt. Mich stört der Regen nicht. Ich bin auf dem Weg zum Malkurs. Mittwoch + Malkurs = Felix Feyerabend, auf einmal mag ich sogar Mathe. Dieses Mal muss der Kurs ganz anders, ganz neu werden, denn jetzt kennen wir uns, Felix und ich. Bestimmt sitzen wir nebeneinander und können die ganze Zeit leise miteinander reden, damit die anderen nichts hören. Ich freue mich so darauf, ich fange an zu hüpfen und die Tropfen der Pfützen fliegen weit, so weit, dass die anderen Leute schimpfen. Ich weiß nicht, warum, nass werden sie so oder so, warum also sich aufregen.

Ich muss immer wieder daran denken, wie Felix mit dem Törtchen im Mund versucht hat, »Mops« auszusprechen. Wie er dann

lachen musste, wie er fast beim Rommé gewonnen hätte und wie er dasaß, eingewickelt in Hedis Decke. Mit Hedi habe ich mich schon wieder vertragen. Sie hat mich angerufen und erklärt, sie hätte keine andere Wahl gehabt, sie hätte Felix' Mama Bescheid sagen müssen. Ich finde, sie hätte ruhig warten können damit, Felix' Mama hätte sich ruhig noch ein paar Sorgen um Felix machen können und dann hätte sie vielleicht eingesehen, dass sie Felix nicht einfach so gegen seinen Willen in eine andere Stadt verpflanzen kann. Obwohl ICH natürlich froh bin, dass ER jetzt hier in meiner Stadt ist. Verrückt ist das: Einerseits verstehe ich Felix, andrerseits bin ich froh, dass alles so gekommen ist.

Und heute ist Mittwoch und ich werde FELIX sehen.

Beinahe renne ich an der schönen bunten Tür vorbei, gerade eben sehe ich noch etwas aus den Augenwinkeln. Ich bleibe stehen und gehe zwei Schritte zurück: Foffo hat die schöne bunte Tür besprüht. Das hat er sich noch nie getraut. Da stehen drei Buchstaben und den vierten hat er nur angefangen, da steht »LAR«, und dann kommt so ein Häkchen. Keine Ahnung, was das bedeuten soll. Vielleicht wurde Foffo überrascht und musste ganz schnell abhauen, ehe er das Wort zuende sprühen konnte? Neben der Tür guckt diese Frau aus dem Fenster, dem mit dem Autospiegel. Sie sieht sauer aus und sie beobachtet mich.

»Kennst du etwa den Schmierfink?«

Ich schüttele den Kopf.

»Wenn ich den erwische!«

»Was soll LAR denn bedeuten?«, frage ich.

Jetzt wird sie noch wütender und brüllt: »Das ist mir scheißegal, was das bedeutet! Und wenn da *Goethe* draufsteht, niemand verewigt sich auf meiner Tür. Wenn ich den erwische, ich sorg dafür, dass er in den Knast kommt!« Ich gehe lieber schnell weiter.

Ich habe wieder dieses Flitzebogengefühl, als ich in die Einfahrt vom Kinder- und Jugendtreff einbiege, und gleich darauf laufe ich Vanessa-Loch-Nessie in die Arme.

»Für wen hast du dich denn so aufgedonnert?«, fragt sie.

Was geht die das an?

Ich will gerade zurückknurren, da sehe ich, dass sie geweint hat. Sie schiebt mich beiseite und rennt auf die Straße. Ich weiß nicht, warum, aber irgendwie wird meine große Freude durch dieses Zusammentreffen ein bisschen kleiner. Obwohl es dafür keinen Grund gibt. Vanessa ist mir doch eigentlich egal und trotzdem, trotzdem ist es komisch, sie so traurig zu sehen. Ich hätte gern gewusst, warum sie traurig ist. Vielleicht hätte ich sie sogar getröstet? Verrückt.

Ich nehme immer zwei Stufen auf einmal. Im Kursraum bin ich die Erste. Nein, nicht ganz, Leo ist schon da, aber nicht richtig, er steht dort am Fenster, aber sonst ist Leo nicht hier. Ich sage laut: »Hallo Leo«, und er dreht sich um. Er guckt finster und nickt mir nur kurz zu. Oje, heute sieht er überhaupt nicht verliebt aus. Mit zwei Fingern zwirbelt er seinen Bart, sodass es ein knisterndes Geräusch macht. Dann kommen die anderen. Leo setzt sich hin, schlägt die Beine übereinander, verschränkt die Arme.

»Ihr könnt heute malen, was ihr wollt«, sagt er. »Ich habe den Schlüssel für den Schrank vergessen.« Normalerweise holt Leo vor

Kursbeginn unsere Arbeiten aus dem Schrank, wo alle die Zeichnungen und Projekte lagern, an denen wir gerade arbeiten. Leo guckt sich dann unsere Bilder an und gibt uns Tipps, wie sie noch schöner werden. Er zeigt uns, wie man bestimmte Dinge besser zeichnet. Ohne Schlüssel geht das alles natürlich nicht. Meine Striche-Stadt soll ein riesiges Bild werden und eigentlich hatte ich mich gefreut, daran weiterzumalen. Aber egal, Hauptsache, ich sehe Felix. Gelangweilt kritzeln die anderen auf halbleeren Blättern herum. Moritz pult einen Radiergummi in lauter einzelne Brösel, etwas, was Leo sonst nicht leiden kann. Jetzt scheint es ihm egal zu sein. Leo trommelt mit den Fingern auf dem Tisch und starrt an die Decke, von der ein langer Spinnenfaden herunterhängt. Mir ist es egal, was mit den Zeichnungen ist, ich warte nur darauf, dass Felix endlich kommt, wo bleibt der denn?

Ich gehe zum Fenster, aber draußen ist nur das Mistwetter. Ich lecke mir über die Lippen, das Lipgloss schmeckt nicht, und plötzlich komme ich mir doof vor. Obwohl Leo so aussieht, als ob er nicht angesprochen werden will, überlege ich, ob ich ihn einfach frage, wo Felix bleibt. Er muss es ja wissen, er ist schließlich in Felix' Mutter verliebt.

Doch Leo faucht mich nur an: »Lass mich mit dem zufrieden!«

Dann stiert er wieder auf den Tisch, da, wo seine Finger trommeln, und ich sehe, dass unter seinem Stuhl etwas liegt. Ich bücke mich, es ist ein Schlüssel, der Schlüssel zum Schrank. Der Schlüssel ist also da und Leo hat einfach gelogen. Ich lege ihn in Leos Hand. Der sieht ihn, nimmt ihn hastig und stopft ihn in die Hosentasche. Niemand hat etwas gemerkt.

»Verpetz mich nicht«, raunt mir Leo zu und dann fügt er hinzu: »Mir geht es heute nicht so gut.«

Schnell gehe ich wieder zu meinem Platz. Eine Weile bleibe ich noch sitzen und überlege. Was Leo wohl für eine Laus über die Leber gelaufen ist? Er ist sauer auf Felix, das ist klar. Aber warum? Was ist passiert? Ach, Felix Feyerabend, was hast du gemacht, dass Leo so sauer auf dich ist, dass er nicht einmal Lust hat, unsere Zeichnungen aus dem Schrank zu holen? Ich verlasse den Kurs früher als sonst. Ich habe keine Ahnung, wie es Felix geht und wann ich ihn wiedersehe. Ob ich einfach in die Shakespearestraße 63 a gehen soll? Aber wenn da dicke Luft ist … ich weiß nicht. Vorhin noch war ich glücklich, jetzt wird der Himmel immer grauer.

Ich muss mit Hedi reden! Ich falle mit der Tür ins Haus und erzähle ihr noch im Flur von Leos schlechter Laune. Erst dann sehe ich die Tränenspuren auf Hedis Wangen. Und verstumme sofort. Ist jetzt etwa Hedi sauer auf mich, weil ich sauer auf sie war? Ein schlechtes Gefühl macht sich in mir breit.

»Waren wir heute verabredet?«, fragt Hedi und schnäuzt sich in ein großes geblümtes Taschentuch. Ich schüttele den Kopf.

»Weinst du wegen mir?«, frage ich leise.

Hedi winkt ab. »Quatsch!«

Dann kann ich nicht mehr warten. Dass Felix nicht beim Kurs war und Leo so komisch, das ist so extrem wichtig, ich MUSS das alles Hedi erzählen. Obwohl sie geweint hat, obwohl sie meine Freundin ist und ich sehe, dass es ihr nicht gut geht, kann ich nicht aufhören.

»Hedi, da stimmt etwas nicht!« Und Hedi erschrickt, weil ich so brülle.

Wenn man verliebt ist, vergisst man manchmal die anderen um sich herum, weil man so sehr mit sich selbst beschäftigt ist.

Etwas in Hedis Blick lässt mich verstummen und ich folge ihr ins Wohnzimmer. Auf dem Tisch liegen lauter Fotos, alte Fotos, ohne Farbe. Ich sehe eine junge Hedi im Kostüm, lächelnd, jauchzend, mit aufgerissenem Mund, weil sie singt. Eine Hedi, die sich in einem weiten Rock dreht, eine Hedi, die singt und dabei traurig aussieht. Aber auf einem Bild lehnt sie mit ihrer Wange an der Wange eines Mannes. Der Mann hat dickes, schwarzes Haar und eine Brille auf

der Nase und tiefbraune Augen. Er lächelt, aber Hedis Lächeln ist breiter, das Glück guckt ihr riesengroß aus den Augen mit den langen, schwarz getuschten Wimpern. Hedi schaut auf das Foto, mit ihrem Zeigefinger streichelt sie langsam über das Gesicht des Mannes. Neue Tränen laufen aus ihren Augen, die irgendwie dunkler geworden sind, gar nicht mehr so hellblau wie sonst.

»Hedi«, flüstere ich. Ich schlinge meine Arme um sie. Aldo sitzt vor uns und winselt leise.

»Ist nichts, Roberta«, sagt sie und tätschelt Aldo. »Manchmal überkommt mich das einfach. Wahrscheinlich wegen dir und Felix, da musste ich wieder daran denken.«

»Ist er das?«, frage ich.

»Ist er wer?«, fragt Hedi irritiert zurück.

»Na, ist das der, wegen dem du manchmal so seufzt und nachdenklich bist?«

»Ach Robertachen, du hast es bemerkt.«

Sie holt tief Luft. »Das ist Helmar, mein Kind.«

Ich betrachte Hedi aufmerksam und sehe diesen verträumten Gesichtsausdruck, den sie manchmal bekommt, wenn ihre Gedanken wegschweifen. Immer wieder passiert das, dass Hedi von einem Moment auf den anderen nicht mehr bei mir ist: beim Musikhören, Teetrinken oder beim Spazierengehen im Park.

Hedi holt tief Luft und tupft sich mit dem Taschentuch unter den Augen ab. Ihre Wimperntusche ist verschmiert. So habe ich sie noch nie gesehen. Hedi sieht immer aus wie aus dem Ei gepellt, sie ist schön und elegant und ich möchte auch einmal so aussehen, wenn ich groß bin.

»Helmar war meine große Liebe.«

Ich springe auf. »Große Liebe! Aber du hast gesagt, es gab nie den Richtigen! Du hast gesagt, der Richtige war immer nur so lange der Richtige, bis der Nächste kam.«

Hedi lässt den Kopf hängen.

»So war es auch. Bis auf einmal. Da war es anders.«

Hedi hätte sich gar nicht die Augen abtupfen brauchen, denn schon wieder kullern neue Tränen über ihre weichen, faltigen Wangen.

»Was ist mit diesem Helmar passiert?«

»Es hat nicht funktioniert.«

»Nicht funktioniert?«

»Nein, Roberta. Helmar war Förster von Beruf. Er musste immer sehr früh aufstehen, um in den Wald oder in sein Büro zu gehen. Und ich habe meistens abends gearbeitet, wenn Vorstellung war. Wenn ich dann spät nach Hause gekommen bin, da schlief er schon. Und umgedreht, wenn er losging, habe ich noch geschlafen.«

Hedi zieht die Nase hoch.

»Das hat ihm irgendwann nicht mehr gefallen. Er hat gesagt, er will eine Frau, die abends immer bei ihm ist. Und dann hat er mich verlassen.«

»Einfach so?«, frage ich.

»Ja, einfach so, es hat nicht gepasst. Helmar mochte es auch nicht, dass ich nach den Vorstellungen manchmal Blumen von fremden Männern bekam. Er wusste, dass die Blumen ein Dankeschön für das Singen waren, aber er konnte es trotzdem nicht leiden.«

Ungeheuerlich! Wie kann man denn deswegen seine große Liebe verlassen! Wenn man jemanden so doll lieb hat, da ist einem doch der Rest egal, oder? Da muss man doch zusammenbleiben?

Ob die Erwachsenen das mit der Liebe anders machen? (Vielleicht ist meine Liebe zu Felix eine ganz andere Liebe, viel größer als die Erwachsenenliebe?)

»Wann war das?«

»Das ist lange her. Über dreißig Jahre, ja, tatsächlich.«

Ich glaube, ich höre nicht richtig! Über dreißig Jahre, und dann tut es immer noch weh?

»Und du musst immer noch an ihn denken?«

Hedi nickt seufzend.

»Warum hast du mir das nie erzählt? Ich dachte, du bist meine beste Freundin.«

»Das erzählt sich nicht so einfach, Roberta. Helmar hat mein Herz gebrochen.«

Es ist ganz still im Zimmer und wir schauen uns an und ich stelle mir vor, dass in Hedis Brust ein Riss verläuft, da, wo dieser Helmar sie nicht zurückgeliebt hat, und diese Vorstellung macht mir ein bisschen Angst. Kann man sich wirklich so sehr verlieben, dass man dieses Gefühl ein ganzes Leben lang behält? Ist das auch bei Felix und mir so? Das klingt irgendwie gespenstig. Aber gleichzeitig ist es auch schön zu wissen, dass Felix so vielleicht immer bei mir ist, irgendwo in mir drin, auch wenn wir längst in verschiedenen Städten wohnen.

Es kann sein, dass die Liebe nie aufhört.
Sie bleibt ein Leben lang in einem wohnen,
ganz tief in einem drin.

»Und jetzt bin ich schuld, dass du wieder an Helmar denken musst?«

»Ach Robertachen, nein, du hast keine Schuld. Das kommt immer mal wieder. Und das Komische ist, es ist schmerzhaft und schön zugleich. Ich glaube, die Liebe ist das größte Rätsel dieser Welt.«

Ich nicke. Wegen Felix sage ich jetzt lieber nichts mehr, auch wenn es mir schwerfällt. Ich hab das Gefühl, ich sollte Hedi heute in Ruhe lassen.

Ich gehe nach Hause, es regnet immer noch. Seit Tagen regnet es, es heißt, wenn es nicht aufhört, wird es eine Überschwemmung geben, weil der Fluss nicht mehr genug Platz in seinem Flussbett hat. Dazu ist es kalt, aber das macht nichts, denn in mir drin ist es warm. Was ist eine Überschwemmung schon gegen die Liebe! Sie ist mächtiger als alles andere, wenn sie es schafft, über dreißig Jahre in einem drin zu bleiben! Ich gehe durch die dunklen Straßen und schaue in die hell erleuchteten Fenster. Vielleicht sind dort überall Menschen, die auch so eine Liebe tief in sich drin haben wie Hedi. Wie ich! Ein Gefühl, das alles verändert, das die Sonne heller macht, den Himmel blauer, Aldo noch flauschiger, den Regen weicher, die Autos leiser, die Menschen freundlicher.

Es verändert alles. Seit ich in Felix Feyerabend verliebt bin, bin ich größer geworden. Ich, Roberta Bansin, will nie wieder jemand sein, der noch nie verliebt war!

12. Kapitel

»Bleib bei dem Wetter lieber zu Hause, Roberta«, sagt Mama am Telefon. Bei ihr dauert es heute länger im Büro, aber ich muss zu Felix. Wenn man schon mal gemeinsam in einem Zimmer saß, in eine Wolldecke gewickelt und den Mund voll Törtchen, dann ist es auch an der Zeit, sich gegenseitig zu besuchen. Genau das habe ich mir vorgenommen. Ich habe lange darüber nachgedacht und es erscheint mir absolut richtig. Niemand wird mich davon abbringen. Der Wetterbericht kann mich nicht aufhalten.

»Wo musst du denn hin? Du hast doch überhaupt keinen Kurs?«

»Ich will zu Felix.«

»Und was machst du da?«

»Das weiß ich noch nicht.«

Mama und ich, wir schweigen kurz am Telefon.

»Pass bitte auf dich auf, Roberta. Und geh nicht in die Nähe des Flusses«, sagt Mama schließlich. Ich verspreche es.

Am Telefon zu SAGEN, dass man Felix Feyerabend besuchen wird, ist einfacher, als es dann tatsächlich zu TUN. Sich anziehen geht noch. Die Tür abschließen und Treppe runtergehen auch noch. Doch mit jedem Schritt, mit dem ich mich der Shakespearestraße 63 a nähere, werde ich zu jemandem, den ich nicht besonders gut

kenne. Das fühlt sich an wie bei einer bevorstehenden Mathe-Klassenarbeit oder wenn ich vor der Klasse ganz allein ein Lied singen muss. Und dann sind da natürlich noch der Regen und der Wind, die mir entgegenkommen und mich bremsen, statt mich vorwärtszuschieben. Ich kann den Fluss riechen. Am liebsten würde ich jetzt mit Felix am Ufer spazieren gehen.

Als ich im Hinterhof stehe, überlege ich, ob ich nicht doch wieder umdrehen soll. Bin ich wirklich so feige? Wir haben doch zusammen Rommé gespielt, wir gehen in denselben Malkurs, warum also sollte ich Felix nicht besuchen? Ist doch ganz normal! Und dann mache ich meinen Kopf ganz kurz ganz leer und drücke auf den Klingelkopf, um gleich danach zu erschrecken. Habe ich das wirklich gemacht?! Doch bevor ich nachdenken kann, summt es, die Tür öffnet sich. Ein fremder Hausflur, der anders riecht, der heller ist als bei uns, und ich weiß gar nicht, in welcher Etage Felix wohnt. Ich laufe mechanisch die Stufen hinauf, bis hinter mir jemand sagt:

»Da oben wohnt keiner mehr.«

Ich dreh mich um und da steht ER. Auf Strümpfen und mit einem Gesicht, an dem ich nicht ablesen kann, ob er sich freut oder nicht.

»Wollte mal fragen, wie's so geht?«, nuschele ich.

»Okay«, sagt Felix.

Dann stehen wir so da, bis Felix' Mutter kommt und sagt, ich solle doch reinkommen. Leo ist nicht da. Felix sagt nichts und ich komm mir blöd vor.

Überall in der Wohnung stehen noch Umzugskartons rum. Und endlich sitze ich in seinem Zimmer und schau mich vorsichtig um.

Was soll ich jetzt nur tun? Etwas sagen, klar, aber was? Und wie soll ich gucken? Vorhin, zu Hause, da hab ich mir alles ganz genau ausgemalt, wie mein Besuch verlaufen wird und so. Doch jetzt ist alles ganz anders.

Felix' Mama kommt innerhalb von zehn Minuten drei Mal rein und fragt, ob ich Durst habe, ob ich Hunger habe und wie es meiner Mutter geht.

Alles im Zimmer von Felix ist ordentlich. Alles liegt säuberlich in sorgfältigen Stapeln aufgeschichtet in den Regalen und auf dem Tisch. Unter dem Tisch steht auch ein Umzugskarton.

»Deine Stapel musst du auch mal langsam aufräumen«, sagt Felix' Mama beim Rausgehen und zwinkert mir zu. Felix stößt geräuschvoll die Luft aus, er schickt mir einen verschwörerischen Blick. Er ist genervt und ich finde auch, dass seine Mama jetzt nicht noch einmal hereinkommen muss.

An Felix' Wänden hängen viele Zeichnungen. Ich sehe lauter komische Wesen mit Stacheln, Hörnern und grimmigen Gesichtern, die sind ausgedacht. Es gibt aber auch Bilder mit Häusern und Bäumen und auf einem Bild glaube ich Aldo wiederzuerkennen. Die meisten Bilder sind mit Bleistift gezeichnet und sie sind richtig gut.

»Wer hat die gemacht?«

Felix zuckt mit den Schultern. »Ich.«

»Ich denke, du kannst nicht zeichnen!« Kaum hab ich das gesagt, bereue ich es und Felix guckt mich auch fragend an.

»Ich meine … ich dachte … weil du im Kurs dieses Gepansche mit dem Tuschkasten …«

»Das war mit Absicht. Bei Leo male ich absichtlich blöd, weil

Mama gesagt hat, ich MUSS in seinen Malkurs. Damit ich mich besser ›einlebe‹.« Felix' Stimme wird ganz spitz.

Ich sage lieber nicht, dass ich das auch für eine gute Idee halte. Wer SO GUT zeichnen kann, muss einfach zu uns in den Kurs kommen. Aber irgendwie verstehe ich auch, dass Felix keine Lust hat, Leo zu sehen. Andrerseits muss er sich doch mit Leo vertragen, wenn der jetzt der Freund seiner Mutter ist. Sonst geht es doch nicht! Das ist alles so schwierig – wie ein dicker fester Knoten, den man einfach nicht mehr aufkriegt, weil er so fest zugezogen ist.

»Das letzte Mal warst du gar nicht beim Kurs.«

»Ich komme auch nicht mehr.«

Vor Schreck halte ich die Luft an.

»Leo kann mich mal«, fügt Felix hinzu.

»Aber du kannst so gut zeichnen!«

»Findest du?«

»Ja! Na ja, und wenn du absichtlich blöd malst, macht es doch gar keinen Spaß.«

Felix guckt nachdenklich.

»Ach, komm doch wieder zum Kurs«, sage ich leise.

Dann weiß ich nicht mehr, was ich sagen soll. Wieder einmal sind die neuen Superkräfte verschwunden. Doch dann fängt Felix plötzlich an zu reden.

»Vielleicht gehen wir bald wieder zurück.«

»Wieso denn?« Ich bemühe mich, ganz normal zu fragen, damit Felix nicht merkt, dass ich sofort Angst bekomme, wenn er so was sagt. Die Vorstellung, dass Felix wieder wegzieht, ist schrecklich, so schrecklich.

»Mama hat sich das alles so schön ausgedacht«, redet Felix weiter. »Sie zieht hierher, turtelt mit ihrem Leo und denkt, alles wird schön. Sie ist total egoistisch! Aber nicht mit mir. Schon gar nicht mit diesem Leo. Ich will zurück zu meinen Freunden.«

Still. Ganz still ist es bei Felix. Weil er im Hinterhaus wohnt, hier hört man nicht mal die Straße. Vielleicht ist es ZU still für Felix.

»Hätte sich deine Mutter nicht in Leo verliebt, dann hätten wir uns nie kennengelernt«, platzt es aus mir heraus, mitten hinein in die Stille.

Und jetzt bin nicht nur ich es, die rot wird. Auch Felix wird rot und guckt ganz schnell zur Seite. Ich könnte im Erdboden versinken! Das hätte ich nicht sagen sollen. Was denkt er denn jetzt von mir?

Von draußen kann ich die Stimme von Felix' Mutter hören, ich glaube, sie telefoniert mit Leo. Sie sagt so Dinge wie: »Es wird schon besser werden mit der Zeit. Er muss sich doch erst an dich gewöhnen.« Und: »Vielleicht unternehmt ihr mal was zusammen.«

Auch Felix dreht seinen Kopf mehr zur Tür, er will hören, was seine Mutter sagt.

»Jetzt überlegen sie wieder, was sie mit mir machen sollen«, sagt er und grinst fast ein bisschen hämisch dabei. Sei doch nicht so sauer, denke ich, aber ich trau mich nicht, es auszusprechen.

Dann fällt mir ein, wie ich vielleicht Felix' Laune verbessern könnte.

»Erzähl mir doch von deinen Freunden, die du in der anderen Stadt hattest«, sag ich.

Mürrisch zuckt Felix mit den Schultern.

»Was habt ihr immer so zusammen gemacht?«

Felix' Augen wandern irgendwo anders hin. Sein Gesichtsausdruck ähnelt jetzt ein bisschen dem von Hedi, wenn sie an die Vergangenheit denkt – also an Helmar, wie ich jetzt weiß. Mit einem Mal schießt mir ein Gedanke in den Kopf. Was, wenn Felix nicht nur seine besten Freunde in seinem alten Wohnort zurücklassen musste, sondern auch eine Freundin?

SEINE Freundin?

Ich verschlucke mich an meiner Spucke und muss husten. An diese Möglichkeit hab ich gar nicht gedacht! Vielleicht hat er schon eine Freundin? Und ich merke nichts, blamiere mich total und bin einfach nur aufdringlich ... Ich halte die Luft an. Ich halte sie. Ich kann lange Luft anhalten. Draußen rüttelt der Wind an Felix' Fensterscheibe und Felix überlegt noch immer. Ich merke, wie es eng wird im Hals. Es fühlt sich an, als läge ein schweres Gewicht auf meinem Kopf, so schwer wie einer von Mamas Urlaubskoffern, doch ich traue mich immer noch nicht weiterzuatmen. Ich schicke Felix einen flehenden Blick: Bitte, hab keine Freundin, bitte sag, dass da niemand ist, der auf dich wartet.

»Eigentlich hatte ich zwei beste Freunde.«

Jetzt geht es nicht mehr, ich japse und schnaufe und hole doch Luft. Felix schickt mir einen verwunderten Seitenblick.

»Bei uns gab es einen riesigen Spielplatz, auf dem stand so ein Klettergerüst aus Holz, riesengroß. Da sind wir immer bis ganz hoch geklettert. Die kleinen Kinder haben sich nicht raufgetraut. Aber wir.«

Felix guckt wieder, irgendwie unsicher. Vielleicht denkt er,

ich finde das blöd, dass er in unserem Alter noch auf Spielplätze geht.

»Wir sind da hoch, weil wir ungestört sein wollten, nicht weil wir klettern wollten«, schiebt Felix hinterher.

Ich gucke so, als ob ich das ganz normal finde.

»Da oben waren wir immer allein, keiner hat uns gestört.« Ich kann sehen, dass dieses riesige Klettergerüst jetzt genau vor Felix' innerem Auge steht. Ich kann es ihm vom Gesicht ablesen. Plötzlich ist es so, als würde ich Felix schon lange kennen.

»Hier kannst du doch auch über alles reden. Zum Beispiel mit mir«, sage ich.

»Mit dir? Das ist doch nicht dasselbe!«, ruft Felix.

Und mit einem Mal ist dieser Moment vorbei und ich fühle mich, als hätte mir jemand einen Schubs gegeben und ich kullere nun einen langen Abhang hinunter und finde nichts zum Festhalten. Und das tut weh!

Mit mir zu reden ist nicht dasselbe wie mit seinen Freunden. Das hat er gesagt.

Ich kann sie jetzt einfach nicht mehr aufhalten, die Tränen, verdammt, es tut einfach zu WEH, was Felix da sagt.

Als er mich mit aufgerissenen Augen anschaut, wird es noch schlimmer, ich muss einfach nur weinen.

»Was ist denn los?«, fragt er.

»Dann geh doch einfach wieder zurück!«, rufe ich, stehe auf und bereue es sofort. In dem Moment öffnet Felix' Mutter die Tür, auch sie hat wieder geweint, und sie hat noch immer das Telefon in der Hand. Da weinen wir nun beide und Felix steht da wie ein begossener Pudel.

Ich gehe einfach. Ich merke, wie ich ganz klein werde, klein und schwach, und jetzt ist gar nichts mehr übrig von meinen Superkräften, von dem Glücksgefühl, von all den schönen Sachen, die ich zuletzt in mir drin hatte. Ich habe Kopfschmerzen, alles um mich herum sieht ganz dunkel aus. Ich laufe die Treppen runter. Ich höre, wie Felix oben im Treppenhaus meinen Namen ruft. Nee, jetzt kann ich nicht mehr. Ich laufe über den Hinterhof und versuche, mich daran zu erinnern, wie schön das war, als ich Felix gerade mal eine halbe Stunde lang kannte und noch nicht wusste, wie schwierig alles ist. Ein letztes Mal schaue ich an seinem Haus hoch. Oben wird ein Fenster aufgerissen, Felix steht da und sieht zu mir runter. Er hebt die Hand, als ob er etwas sagen, etwas machen will, dann lässt er sie sinken. Ich renne weiter durch den Torbogen. Ich bin so enttäuscht. Draußen vermischt sich der Regen mit meinen Tränen. Ich hab noch nie im Regen geweint, aber ich wette, auch wenn ein Gesicht regennass ist, sieht man, wenn jemand weint.

Wenn man verliebt ist, hat man auch Liebeskummer. (Anders scheint es nicht zu gehen.)

Wenn ich mich ganz klein mache, die Beine so hoch an den Hals ziehe, wie es geht, also ganz klein und rund werde, dann wird es besser. Wenn ich mich ganz klein mache, hat der Kummer nicht so viel Platz, sich in mir auszubreiten. Ich weine immer noch, ich kann gar nicht aufhören. Ich denke an Hedi und ihr gebrochenes Herz und wünschte, sie wäre bei mir. Ich habe eine von ihren CDs mit trauriger Musik angemacht. Ich hätte auch fröhliche Musik anmachen

NONO

können, um mich aufzumuntern, aber das will ich ja gar nicht. Es ist in Ordnung, wenn ich dadurch noch trauriger werde. Ich liege unter einer Decke und warte auf nichts. Wie war das ganz am Anfang meines Verliebtseins: Ich habe gewartet, einfach nur darauf gewartet, Felix Feyerabend sehen zu können. Und jetzt bin ich schon so weit, dass ich auf nichts mehr warte. Es fühlt sich an, als wäre die Welt zu Ende. Es gibt keinen einzigen Gedanken, über den ich mich freue, nicht einmal ein Urlaub am Meer könnte mich jetzt zum Lächeln bringen. Es gibt nichts Schönes mehr auf der Welt, ich hätte nicht gedacht, dass das geht.

Plötzlich steht Mama in Mantel und Stiefeln bei mir im Zimmer und schaut mich fassungslos an. Ich kauere mich noch mehr zusammen, hoffentlich versucht sie jetzt nicht wieder, mir alles auszureden. Aber Mama sagt nichts, eine ganze Weile lang. Dann beugt sie sich zu mir, streicht mir über den Kopf und fragt leise: »So schlimm?«

Ich nicke und heule aufs Neue los.

Mama geht und kommt zurück, den ganzen Arm voller Kissen, holt Schokolade, holt Tee, sie legt sich zu mir und dann erzähle ich Mama, wie Felix sich anstellt, und dass er unglücklich ist und eigentlich nicht hier sein will, und wie traurig mich das macht, und was er Blödes gesagt hat: dass er lieber mit seinen Freunden redet als mit mir!

Mama hört sich alles an. »Hat er das wirklich so gesagt, dass er nicht gern mit dir redet?«, fragt sie und ich höre, dass sie mir nicht glaubt.

»Ja!«, rufe ich. »Das hat er gesagt.«

»Also wenn er das wirklich so gesagt hat, dann wette ich, dass er

gar nicht gemerkt hat, was er da gesagt hat«, sagt Mama nach einer Nachdenkpause.

»Du meinst, er merkt nicht, wenn er redet?«

»Ich meine, er hat nicht nachgedacht. Dein Felix hat Kummer und dieser Kummer geht gerade ständig in seinem Kopf herum. Er hat überhaupt nicht gemerkt, dass er dich damit verletzt hat. Das wollte er bestimmt nicht.«

Mama schaut mich an und ich weiß nicht warum, aber ich glaube, sie muss über mein Gesicht lachen, jedenfalls unterdrückt sie ein Lachen. Als ob das hier lustig wäre. Doch als ich wieder zu Mama schaue, ist ihr Gesicht wieder ernst.

»Weißt du noch, was du zu mir gesagt hast, Roberta? Der Mann mit den Blumensträußen, der in mich verliebt ist, du hast gesagt, er weiß nicht, dass ich nicht in ihn verliebt bin, und deshalb muss ich es ihm sagen. Ich denke, bei dir es umgekehrt: Du musst diesem Felix sagen, dass du in ihn verliebt bist. Wenn es wirklich so ernst ist, wie du sagst.«

»Ich weiß«, schluchze ich. »Das hat Hedi auch gesagt. Aber ich weiß nicht, wie.«

»Einfach sagen eben«, sagt Mama todernst. Sie breitet noch eine Decke über uns aus, wir sitzen jetzt wie in einer Burg, wir sind eingezäunt von Kissen und Decken, sicher und geschützt.

13. Kapitel

Hedi steckt ihre Hände mit einer eleganten Bewegung in ihren Muff. Sie ist die Einzige, die ich kenne, die so etwas trägt, eine flauschige Stoffrolle, die an einer langen Kordel um ihren Hals hängt und wo man seine Hände reinstecken kann. Das ist praktisch, denn es ist kalt. Immer noch droht die Gefahr einer Überschwemmung, weil es die ganze Nacht geregnet hat.

»Wer Liebeskummer hat, muss in die Oper gehen«, hat Hedi gesagt und nun sind wir auf dem Weg zur Generalprobe. Bei einer Generalprobe tun alle so, als wäre es eine richtige Vorstellung, so kann man sehen, ob alles klappt. Morgen, am Samstag, ist dann Premiere. Plötzlich biegt Jürgen um die Ecke, und ich folge seinem Blick, wie er Hedis Gesicht anschaut, mit den Augen herunter wandert zu ihrem Muff und wieder hinauf, und ich sehe, wie seine Augen anfangen zu leuchten.

Hedi lässt sich von Jürgen die Hand küssen und ich befürchte, dass sie ihn jetzt auch noch mit in die Generalprobe schleppt, denn Jürgen lässt sich mit einem interessierten Gesicht berichten, wo wir hingehen. Doch Hedi sagt, es gäbe keinen Platz mehr, und zwinkert mir zu. Natürlich weiß sie, dass ich jetzt lieber mit ihr allein sein will, sie ist ja meine Freundin. Das ist noch mal gut gegangen.

Der Zuschauerraum im Theater ist leer, es ist ja Generalprobe. Nur ein paar Leute sind da, die Regisseurin und der Assistent, erklärt Hedi, und noch ein paar andere.

Hedi sitzt kerzengerade in ihrem Sitz. Wir sind in der ersten Reihe und direkt vor uns öffnet sich ein riesiges Loch, das sich nach und nach mit den Musikern füllt.

»Schau, der Orchestergraben«, sagt Hedi. »Wenn keine Vorstellung läuft, dann ist der ganz dunkel und man kann dort unten hervorragend küssen.«

»Hast du das etwa früher gemacht?«, frage ich ungläubig.

Hedi nickt. »Hinten bei den Pauken. Die sehen im Dunkeln aus wie kleine Felsen.«

Ich überlege, ob sie wohl auch Helmar da unten geküsst hat, aber ich frage lieber nicht. Und plötzlich merke ich, dass ich gerade bestimmt eine halbe Stunde lang nicht an Felix gedacht habe. Gestern Abend war mein Kopf voll mit Felix. Mama hat sich genau erklären lassen, wie Felix ist und wie es mir dabei geht, wenn ich an ihn denke. An ihn denken MUSS. Heute früh wollte Mama erst mit mir zum Arzt gehen und da hab ich gesagt, wer verliebt ist, ist doch nicht krank. Und zum Glück hat Hedi das auch gesagt und zusammen haben wir Mama von dieser Idee abbringen können. Und jetzt sind wir hier im Theater, das hat Hedi verordnet, sie sagt, ich brauche jetzt Abwechslung. Der Vorhang geht auf. Eine Generalprobe ist wie eine richtige erste Vorstellung – zur Probe. Es wird so getan, als wäre ganz viel Publikum da, und so singen und spielen sie auf der Bühne sozusagen nur für Hedi und mich *Die Hochzeit des Figaro* von Mozart. Die Sänger singen italienisch und oben über der Bühne läuft

der deutsche Text auf einer Anzeige durch. Das geht mir oft zu schnell, darum verstehe ich nicht, was sie singen, aber es geht um die Liebe, das ist mal klar. Bei Mozart geht es eigentlich immer um die Liebe, das weiß ich von Hedi.

Es gibt zwei Paare auf der Bühne, aber der Graf gibt sich nicht mit einer Frau zufrieden, er will auch noch die Kammerzofe, und eigentlich ist das frech, denn die Kammerzofe soll den Figaro heiraten. Der will sie auch heiraten, aber eine andere Frau will ihn auch … Es ist ein heilloses Durcheinander und irgendwie begreife ich das nicht. Entweder man liebt einen oder nicht, das muss man doch merken.

Wie es aussieht, können einige Menschen doppelt oder dreifach verliebt sein.

»Kann man denn mehr als einen lieben?«, flüstere ich Hedi zu.

»Ich glaube schon«, sagt sie. »Bei mir ist es noch nicht vorgekommen, aber ich hatte eine Kollegin, bei der war das so. Fürchterlich kompliziert ist das, das kann ich dir sagen, weil immer einer übrig bleibt, der dann traurig ist.« Hedi hebt beschwörend ihre Augenbrauen. »Aber das hier ist nur eine Oper, eine Geschichte. Davon gibt es viele. In *Don Giovanni,* die ist auch von Mozart, geht es um einen liebestollen Mann, der verführt eine Frau nach der anderen.«

Ich denke über das Wort *verführen* nach. Es ist mir nicht ganz klar. Ich kenne nur das *Entführen,* das bedeutet, man wird gegen seinen Willen woanders hingebracht. Vielleicht hat Felix' Mama Felix

ein bisschen entführt, weg aus seiner Stadt, hierher, wo Leo lebt. Felix ist ja nicht freiwillig mitgekommen.

Und da ist er wieder. Felix sitzt wieder in meinem Kopf.

Nach der Vorstellung gehen wir in die Theaterkantine und trinken Himbeerbrause.

»Hat es dir gefallen?«, fragt Hedi.

»Die Musik war lustig.«

»Mozarts Musik macht gute Laune, nicht wahr?«

»Ja, aber so richtig hab ich das alles nicht verstanden.«

»Weißt du, Roberta, es geht in dieser Geschichte nur zum Teil um echte Verliebte. Bei vielen ist es einfach nur Eitelkeit und Eifersucht, die sie mit dem Verliebtsein verwechseln.«

»Verwechsele ich das auch?«, frage ich Hedi.

»Aber nein, mein Schatz. Jeder kann sehen, dass es ernst bei dir ist«, sagt Hedi sofort.

»Wenn das mit der Liebe so kompliziert ist, wenn man erwachsen ist, dann will ich nicht erwachsen werden.«

Hedi sieht mich nachdenklich an. »Ich fürchte, es geht nicht anders. Du wirst erwachsen werden müssen. Und einsehen, egal wie kompliziert das mit der Liebe ist, dass ohne sie alles sinnlos wäre. Alles. Und du wirst sehen, die Liebe holt immer das Beste aus einem Menschen hervor, die kriecht in alle Ecken und macht etwas sichtbar, was man vorher noch nie bemerkt hat.«

Als wir aus dem Theater kommen, regnet es schon wieder. »Wo soll das ganze Wasser nur hin?«, murmelt Hedi. Sie muss nun den Schirm halten für uns, weil sie die Größere ist. Das bedeutet, dass sie eine Hand nicht in den Muff stecken kann, eine Hand bleibt kalt.

Trotzdem gehen wir einmal um das große Theater herum, dahinter fließt der Fluss entlang und er hört sich lauter an als sonst.

»Weil die Wassermassen in ihm anschwellen«, sagt Hedi. »Das Wasser wird immer mehr und mehr, es wird schneller, es hat eine unbändige Kraft. Es reißt alles mit sich mit.«

Obwohl es erst Abendbrotzeit ist, ist es schon dunkel und im Dunkeln sieht man den Fluss kaum, weil es hier an dieser Stelle kaum Lampen gibt. Als wir wieder vor dem Theater auf dem Markt stehen, glitzert das Licht der Straßenlaternen auf den nass glänzenden Pflastersteinen. Es ist so hell, dass es fast blendet. Ich gehe zu dem Brunnen, der in der Mitte des Marktes steht, noch ist Wasser in ihm, weil tagsüber noch die kleine Fontäne an ist, aber die wird übermorgen, am Sonntag, komplett abgeschaltet. Weil bald Winter ist. Es heißt, in unserer Stadt läuft der Brunnen am längsten, in anderen Städten sind die Brunnen schon längst abgeschaltet. Das hab ich auf einem Plakat gelesen. Unsere Stadt wirbt damit. Der Brunnen soll Touristen anlocken, wegen der Romantik, hat mir Mama mal erklärt. Ich werde übermorgen auch herkommen, wenn der Brunnen in den Winterschlaf versetzt wird. Viele aus meiner Klasse gehen hin, es gibt Musik und Bratwurst. Ich finde es nicht schlimm, dass der Brunnen dann für Monate keine Fontäne hat, schließlich fließt gleich nebenan der Fluss, der lässt sich nicht abstellen.

Wie auf Kommando seufzen Hedi und ich in die nasse, kalte Abendluft. Ich muss an Felix denken. Ich stelle mir vor, wie es wäre, mit ihm hier in dem glitzernden Licht zu stehen, und weil ich weiß, dass das niemals geschehen wird, werde ich wieder ganz traurig. So stehen wir auf der Straße, eben noch haben wir lustige

Musik gehört, jetzt sinkt die Laune, *Himmelhochjauchzend, zu Tode betrübt.*

Da holt Hedi auch die andere Hand aus dem Muff und hebt den Zeigefinger. »Weißt du was, ich habe eine Idee. Was ist, wenn du einfach ein Liebesgedicht für Felix schreibst und es ihm gibst, wie wäre das? Dann musst du nichts sagen und er weiß trotzdem Bescheid.«

»Ein Gedicht? Ich? Mit Reimen? Das kann ich doch gar nicht.« Also ehrlich, manchmal hat Hedi wirklich komische Ideen.

»Ein Gedicht sagt viel mehr als tausend Worte, verstehst du? Es erzählt alles, was in deinem Kopf vorgeht. Mit nur wenigen Worten – wenn es gut gemacht ist.«

Ich weiß nicht, ob ich wirklich verstehe, was Hedi sagen will.

»Die meisten sagen nicht einfach: ›Ich liebe dich‹ oder ›Ich liebe dich nicht‹. Sie übersetzen es in etwas anderes. Sie schenken Blumen, sie erzählen es mit Blicken, mit Umarmungen, mit Küssen, oder sie schreiben eben Gedichte. Es gibt so viele Wege, auszudrücken, dass man verliebt ist.«

Hedi kriegt ganz rote Wangen. Ich glaube, sie mag Gedichte. Sie hebt beide Arme in die Höhe, sodass der Schirm weit nach oben ragt und der Regen freie Bahn hat. Ich spüre die Tropfen im Gesicht und stelle mir vor, dass überall, wo ein Regentropfen hinfällt, eine Sommersprosse zurückbleibt.

Hedi schließt die Augen und spricht:

»Lehn deine Wang' an meine Wang',
Dann fließen die Tränen zusammen!
Und an mein Herz drück fest dein Herz,
Dann schlagen zusammen die Flammen!«

Hedi lässt die Arme wieder sinken, schiebt den Schirm ein Stück weiter über meinen Kopf und sagt: »Heinrich Heine. Verstehst du, was er sagen will? Da lieben sich zwei, und wenn sie zusammen sind, wird die Liebe ganz groß! So groß, dass es ein Feuer gibt!«

Ich werde rot und gucke runter auf die nassen Pflastersteine.

»Du musst dich nicht genieren, Robertachen. Stell dir vor, in welcher Verfassung Heinrich Heine gewesen sein muss, als er das geschrieben hat. Was meinst du?«

»Er hat bestimmt an jemanden gedacht«, sage ich. »An jemanden, in den er verliebt war?«

Schweigend gehen wir weiter. Vielleicht hat Hedi recht. Wenn man sich nicht traut, dem anderen zu sagen, dass man in ihn verliebt ist, lässt man einfach ein Gedicht für sich sprechen. Aber wie soll ich so ein Gedicht erfinden, das kann ich nicht. Ich bin doch nicht Heinrich Heine. Aber wenn ich so ein Gedicht hätte, könnte ich das Felix zum Beispiel einfach in den Briefkasten stecken. Das wäre das Beste, denn so bräuchte ich nicht rot zu werden oder zu stottern.

14. Kapitel

Wenigstens heute hat es mal aufgehört zu regnen, der Markt ist proppenvoll. Viele Erwachsene stehen in Grüppchen herum und reden, sie sind dick eingemummelt und trinken Glühwein, der riecht eklig. Ein paar Musiker aus dem Theater spielen Musik, und obwohl ich am Freitag erst in den Orchestergraben hineingeschaut habe, erkenne ich keinen wieder. Im Hellen sehen sie alle anders aus, außerdem haben sie heute dicke Jacken an und keinen Anzug.

Hedi sitzt mit anderen Frauen im Café, es ist ihr zu kalt, draußen rumzustehen, hat sie gesagt. Aldo ist bei mir, ihm gefällt es hier auf dem Markt besser als im Café, ich hoffe nur, er kackt jetzt nicht hier hin, das wäre ziemlich peinlich.

Marlene und Mara sind auch da, sie kichern die ganze Zeit. Mir ist nicht nach Kichern. Marlene weiß das, aber heute ist auch ihr Anton da, da ist sie selbst aufgeregt. Gestern habe ich mich mit Marlene getroffen, sie hat gesagt, dass sie Felix komisch findet. Aber das mit Marlene und Anton ist auch irgendwie komisch. Ich verstehe zum Beispiel nicht, warum sie nicht zu Anton geht. Der guckt schon. Ach, ist ja egal, ich hab andere Sorgen. Ich hätte gern, dass Felix hier wäre, aber ihm ist so ein Fest vielleicht zu poplig.

Ich stehe vor dem Brunnen und starre in die Fontäne. Das Was-

ser spritzt mit der Fontäne nach oben und fällt dann nach allen Seiten wieder herunter und bildet dabei einen Vorhang, einen Vorhang aus Wasser, immer in Bewegung. Ich versuche, durch den Wasservorhang hindurchzugucken, aber da ist alles verschwommen. Auf der Brunnenseite gegenüber stehen viele Menschen, aber ich kann durch das Wasser hindurch niemanden erkennen. Ein Mann mit Mikrofon steht auf einer kleinen Bühne neben den Musikern und macht Witze, über die die Leute lachen. Dann kündigt er das Abschalten des Brunnens an, er zählt dabei von zehn rückwärts und alle Menschen auf dem Markt zählen laut mit: »Neun, acht, sieben …« Bei eins hört das Wasser auf zu sprudeln, der Vorhang aus Wasser fällt in sich zusammen, von jetzt auf gleich, und ich stelle mir vor, was wäre, wenn man als Mensch auch so einen Knopf hätte,

um gewisse Dinge abstellen zu können. Bauchschmerzen zum Beispiel, einfach Knopf drücken, weg sind die Schmerzen, oder unglückliche Liebe, einmal auf den Knopf gedrückt und schon ist alles wieder in Ordnung.

Jetzt, wo die Fontäne abgestellt ist, kann ich die Menschen auf der gegenüberliegenden Seite sehen und ich glaub, ich steh im Wald.

Auf der anderen Seite des Brunnens steht Felix. MEIN Felix.

Ich starre ihn an und er starrt mich an. Ganz kurz wälzt sich in mir eine große Portion von Superkräften einmal hoch und runter. Marlene zieht an meiner Hand, aber ich bleib stehen wie ein unverrückbarer Elefant. Sie will mir was sagen, aber ich hör's nicht, und dann rennt sie weg zu jemand anderem. Der Mann mit dem Mikro ist lauter als alle anderen und er sagt, dass der Frühling erst wiederkommt, wenn das Wasser wieder sprudelt, und das hört sich so an, als ob unsere Stadt eine große Macht über den Frühling hätte: Wenn wir den Brunnen nicht wieder anstellen, dann kommt der Frühling nicht.

Ich MUSS zu Felix!

Ich fange an, rechts um den Brunnen herumzugehen, mir einen Weg durch die Menschenmasse zu bahnen, doch im selben Moment beginnt Felix linksherum zu laufen. So treffen wir uns nicht. Sofort drehe ich um und gehe in die entgegengesetzte Richtung. Eine Frau schimpft, weil ich ihr auf die Füße trete. Doch Felix hat genau die gleiche Idee und geht nun nach rechts, während ich nach links … Ich bleibe stehen, er auch. Und dann müssen wir lachen. Felix lacht. Als ich ihn das letzte Mal gesehen hab, hab ich geweint und jetzt la-

chen wir, einfach so, ich bin so aufgeregt, denn das muss ein gutes Zeichen sein. Felix zeigt in Richtung Theater und wenige Minuten später stehen wir davor.

Konnte ich es gerade eben nicht erwarten, vor Felix zu stehen, weiß ich jetzt, wo er vor mir steht, ÜBERHAUPT NICHT, was ich sagen soll.

Felix auch nicht. Er stopft die Hände tief in die Taschen und schaut auf den Boden. Ich habe keine Ahnung, ob er sich darüber freut, mich zu sehen. Immerhin hat er gelacht. Doch jetzt guckt er gar nicht mehr erfreut. Na ja, ich ja auch nicht.

»Letztens …«, sagt Felix plötzlich, er guckt kurz hoch und sofort weiß ich, dass er unser letztes Treffen meint. Ich mache eine kurze Handbewegung, Felix nickt zustimmend.

Dann sagt keiner von uns mehr etwas.

Die Musik beginnt wieder zu spielen, es ist laut, viel zu laut, um zu reden.

»Sollen wir runter zum Fluss?«, frage ich schließlich.

Felix nickt.

Wir stapfen die Böschung zum Fluss hinunter und ich weiß nicht, wie ich ein Gespräch mit Felix beginnen soll. Doch ich bin so glücklich, dass er hier ist. Ich würde gern sagen, wie doof ich das fand, was er bei unserer letzten Begegnung gesagt hat, aber dann ist vielleicht gleich wieder alles kaputt, also sag ich lieber nichts.

Alles ist klatschnass, mit Regenwasser geradezu getränkt. Der Weg zum Ufer ist kürzer als sonst, weil der Fluss so hoch gestiegen

ist, der Fluss klettert aus seinem Bett, er macht sich groß und läuft auf unsere Stadt zu. Aber ich glaube, über den Damm hinüber, das schafft er nicht. Heute regnet es ja auch nicht.

Jeder unserer Schritte schmatzt laut. Wir stehen da und schauen auf den vollen Fluss, wie er an uns vorbeiläuft, die ganze Zeit. Das fühlt sich ein bisschen an wie im Zug sitzen, da rennen die Bäume und Wiesen draußen an einem vorbei. Doch jetzt ist es anders, denn der Zug bewegt sich und wir, wir stehen jetzt still und der Fluss ist es, der sich bewegt. Ich seufze laut. Felix guckt kurz, nur kurz.

Hatte ich mir nicht gewünscht, mit Felix am Fluss entlang spazieren zu gehen? Jetzt steh ich wenigstens mit ihm am Fluss. Aldo guckt uns von unten an. Er versteht nicht, was wir hier machen, und ich eigentlich auch nicht.

»Hattest du in deiner alten Stadt einen Fluss?«, frage ich.

Felix schüttelt den Kopf.

»Aber einen See«, sagt er.

»Da bist du bestimmt mit deinen Freunden baden gegangen.«

Felix nickt wieder.

»Wir baden im Sommer oft im Fluss, nicht hier, es gibt eine andere, schöne flache Stelle.«

»Wirklich?«

Ich nicke und tippe mit meiner Schuhspitze ganz schnell hintereinander auf die aufgeweichte Erde und lausche dem Geräusch.

»Traust du dich, einen Kopfsprung zu machen?«, frage ich nun. Ich trau mich das nicht. Ich habe immer Angst, mit dem Kopf im Wasser auf den Boden zu knallen.

Von Felix kommt keine Antwort, erst als ich ihn noch mal angu-

cke, sagt er: »Geht so.« Mit der Antwort weiß ich immer noch nicht, ob er sich einen Kopfsprung traut oder nicht.

»Aber Angst vor Fischen hast du nicht, oder? Sonst kannst du nicht im Fluss baden.«

Felix guckt mich an. »Quatsch!«, sagt er. Und er sagt das so schnell, dass ich lachen muss, und irgendwie hab ich das Gefühl, dass er vielleicht doch nicht so gern mit Fischen zusammen in einem Fluss badet. Es ist verrückt, ich frag was, Felix antwortet und hinterher bin ich genauso schlau wie vorher.

»Ich kann dir die Badestelle im Sommer zeigen«, sage ich. »Aber vielleicht bist du dann ja schon nicht mehr hier?«

Felix nickt und sofort pikst es in meinem Herzen drin. Er hat nicht widersprochen, er hat nicht gesagt, dass er NICHT wieder wegziehen wird.

»Sind deine Mutter und Leo auch hier auf dem Brunnenfest?«, frage ich schnell, doch das war die falsche Frage, denn sofort wird sein Gesicht finster. Felix schüttelt den Kopf.

»Die können mich mal. Den ganzen Tag streiten sie. Von wegen verliebt. Wer so streitet, kann gar nicht verliebt sein.«

Jetzt muss ich Felix doch wieder anschauen. Er guckt verächtlich in das Flusswasser.

»Aber dann müsstest du dich doch freuen«, sag ich. »Du willst doch nicht, dass sie verliebt sind.« Den letzten Teil sag ich ganz leise, aber das scheint Felix nicht zu merken.

Felix zuckt mit den Achseln.

»Erst ziehen wir einfach so weg. Keiner fragt mich, ob ich das will. Aber sie tun so, als ob ich mich darüber freuen muss. Ich freue

mich aber nicht und deshalb fangen sie an zu streiten. Und jetzt denken sie, dass ich an allem schuld bin.«

Das ist ganz schön viel auf einmal, was Felix da sagt.

»Wer denkt das, deine Mama oder Leo?«

Felix hebt ratlos die Schultern und lässt sie wieder fallen.

»Vielleicht denken sie das gar nicht?«, frage ich, denn es ist ja immerhin möglich, dass Felix sich irrt.

»Leo wohnt jetzt wieder in seiner alten Wohnung und Mama ist sauer auf mich. Als sie wütend war, hat sie gesagt, er ist wegen mir ausgezogen.«

»Ist ja ätzend«, sag ich. Der arme Felix. Wie schaffe ich es nur, dass er bessere Laune bekommt?

Plötzlich ruft jemand hinter uns: »Macht mal, dass ihr da unten wegkommt. Viel zu gefährlich. Ist doch Hochwassergefahr!« Eine Frau steht oben auf dem Damm und brüllt, sie ist ganz rot im Gesicht, bestimmt vom Glühwein.

Wir kraxeln das Stückchen Böschung wieder hinauf und da passiert es, Aldos Leine wickelt sich um meinen Fuß und ich klatsche mit den Knien ins Nasse. Ich könnte im Erdboden versinken. Als ich hochgucke, sehe ich Felix' Hand direkt vor meinen Augen, sie ist ein bisschen schmutzig. Ich greife sie trotzdem und stehe wieder auf, während Felix an meiner Hand zieht. Die Hand ist ganz weich und kalt, meine Hand ist auch kalt, aber da, wo unsere Hände zusammen sind, wird es ein bisschen wärmer. Ob Heinrich Heine das mit seinem Gedicht gemeint hat? Als ich wieder stehe, lässt Felix sofort los. Jetzt fühlt sich die Stelle, wo seine Hand eben auf meiner Hand war, doppelt so kalt an.

»Danke«, sag ich und kann ihn dabei nicht angucken, das geht einfach nicht. Doch als ich runtergucke, sehe ich die zwei nassen, braunen Flecken auf meinen Knien und jetzt hätte ich doch gern wieder so einen Knopf, der alles verschwinden lässt.

»Ist doch nicht schlimm«, sagt Felix und ich überlege, ob er meint, dass es nicht schlimm ist, nasse, schlammige Knie zu haben, oder ob es IHN nicht stört, dass ich nasse, schlammige Knie habe. Aber ich frage lieber nicht nach.

Als wir wieder vor dem Theater auf dem Markt stehen, sehe ich zuerst, wie Marlene mir von Weitem zuzwinkert. Dann beobachte ich, wie Jürgen aus dem Kinder- und Jugendtreff Hedi gerade einen Handkuss gibt.

»Ist ja eklig«, sagt Felix, der in die gleiche Richtung geguckt hat.

»Ein Handkuss ist doch nicht eklig«, erwidere ich und Felix wird rot. Ich würde sagen, inzwischen wird Felix viel öfter rot als ich. Zum Glück kommt Hedi gleich herbeigeeilt, sie hat uns schon gesucht.

»Da seid ihr ja!«

Aldo vollführt einen kleinen Freudentanz. Felix steckt seine Haare hinter das Ohr, die sind ein bisschen gewachsen in den letzten Wochen.

»Sind welche aus deiner Klasse hier?«, frage ich.

Felix zuckt mit den Achseln. »Mir egal.«

»Ein paar meiner Freunde sind hier. Soll ich sie dir zeigen?«

Felix schüttelt den Kopf.

»Ich muss gehen«, sagt er.

Aber WARUM?

»Was hast du vor?«, frage ich.

»Nichts«, sagt er, hebt die Hand und geht.

NEIN! Geh doch nicht einfach so!

Wie kann ich ihn aufhalten? Bleib doch noch ein bisschen, Felix Feyerabend! Ich trau mich einfach nicht zu sagen, dass er doch genauso gut bleiben kann, wenn er sowieso nichts vorhat.

»Kommst du wieder zum Zeichenkurs am Mittwoch?«, rufe ich ihm hinterher.

»Weiß nicht«, ruft Felix und verschwindet in der Menge.

»Habt ihr euch ausgesprochen?«, fragt Hedi.

»Weiß nicht«, sag ich.

15. Kapitel

Was reimt sich auf Liebe? Diebe, Hiebe, Siebe. Auf Felix reimt sich gar nichts. Mir fällt nur der Hustensaft ein, den Mama im Arzneischränkchen stehen hat: Hedelix. So ist das manchmal, wenn es drauf ankommt, fallen mir Dinge ein, die ich gar nicht gebrauchen kann.

Wie soll ich nur ein Liebesgedicht schreiben? Hedi hat gesagt, die richtigen Worte würden kommen, wenn man sich Zeit gibt. Ich starre auf das Papier und warte, aber es kommt nichts. Vielleicht sollte ich noch Aufkleber an den Rand kleben? Nee, das findet Felix sicher albern. Keine Aufkleber.

Also, was soll das Gedicht? Es soll zeigen, wie es mir geht. Damit Felix versteht, was ich fühle. Wie soll ich das nur ausdrücken?

Ich stehe auf und lege mich unter den Schreibtisch. Ich schaue von unten an die Tischplatte und denke an das Blatt Papier, das obendrauf liegt. Als ob es ganz weit weg von mir wäre. Eigentlich verstecke ich mich vor meinem Gedicht, obwohl es noch gar nicht da ist, weder in meinem Kopf noch auf dem Blatt. Vielleicht versteckt sich das Gedicht auch vor mir? Mit dem Arm fasse ich von unten auf die Tischplatte, taste nach dem weißen Papier: Es liegt noch da. Ich krabbele wieder unter dem Schreibtisch hervor, setze mich hin, mache den Rücken gerade und denke weiter nach.

Also, wie fühle ich mich?

Felix – denke ich: *Ich fühle mich Felix*. Nee, das geht nicht.

Ich denke den ganzen Tag an dich.

Das ist gut. Und es stimmt ja auch, es ist die Wahrheit.

Und was reimt sich auf *dich*? – *ich*. Aber das steht ja schon am Satzanfang.

Mich.

Wisch, zisch, Fisch, nich ... nee.

Lich. Das geht.

Sicherlich. Das weißt du sicherlich.

Ich denke den ganzen Tag an dich,
ich dachte, das merkst du sicherlich.

So? Ich lese noch mal laut:

»Ich denke den ganzen Tag an dich,
ich dachte, das merkst du sicherlich.«

Wenn man es laut liest, hört es sich noch mal ganz anders an.

Doch du ... Doch du ...

Du guckst nicht.

Du sagst nichts.

Du denkst nur an andere Sachen.

Nee, so geht das nicht.

Du denkst nur an andere Sachen.

Das klingt blöd. Alles, was ich schreibe, klingt blöd. Es kommen keine Worte, ich kann kein Gedicht schreiben. Es funktioniert nicht. Aber wie soll ich es nun ausdrücken?

Ich nehme ein neues Blatt und schreibe einfach los:

Felix, ich muss dir etwas sagen: Ich bin in dich verliebt.

Das ist kein Gedicht. Aber jetzt fühlt es sich so an, als hätte ich es geschafft. Jetzt ist alles gesagt. Kein Gedicht, aber besser als nichts. Ich bin in Felix Feyerabend verliebt, mehr gibt es einfach nicht zu sagen. Aber sind das auch meine Worte? »Ich liebe dich«, »Ich hab dich lieb«, Ich bin in dich verliebt«, das sind Worte, die von so vielen Menschen gesagt werden. Auf der ganzen Welt. Vielleicht sind das einige der wenigen Worte, die jeder Mensch sofort versteht, wenn er sie hört, egal in welcher Sprache. Vielleicht, weil man anders guckt, wenn man sie sagt. Jedenfalls ist das in den Filmen so, die Mama so gern mag. Aber was weiß denn ich, ich trau mich ja nicht, diese Worte auszusprechen. Ich schreibe sie nur auf und wahrscheinlich trau ich mich nicht mal, Felix den Zettel zu geben, nicht einmal das.

Ich überlege, ob ich den Zettel in die Kiste lege, wo schon der Herz-Stein und Felix' Bild und das Bonbon drin sind. Doch mein

Zettel gehört nicht in die Kiste, er gehört zu Felix. Ich verstecke ihn vorerst in meiner Federtasche.

»Kannst du für das Abendbrot bei Sayed einen Kürbis kaufen?«, ruft Mama aus der Küche. Ich stöhne laut, denn ich habe überhaupt keine Lust aufzustehen, mich anzuziehen und auf die Straße zu gehen. Ich liege auf dem Bett, den Herz-Stein in der Hand, und denke nach. Ich denke über meinen Zettel mit dem Nicht-Gedicht nach. Und über Felix. Ich rufe mir immer wieder in Erinnerung, was er alles gesagt hat, wie er es gesagt hat und wie er dabei geguckt hat, aber ich werde einfach nicht schlauer.

»Hör auf zu murren und mach einfach«, ruft Mama wieder. »Und beeil dich!«

Draußen ist es heute anders als sonst. Es regnet zwar immer mal wieder, aber zwischendurch kommt eine blendende Spätherbstsonne heraus, und als ich aus dem Haus trete, hängt ein riesiger Regenbogen über unserer Straße. Das Licht am Himmel ist wie nicht echt, als ob einer eine große Schreibtischlampe auf unsere Straße gerichtet hat. Ich atme die nasse, frische Luft ganz tief ein und plötzlich bin ich froh, aber ganz ohne jeden Grund.

»Der Kürbis hat gleiche Farbe wie Halstuch«, sagt Sayed und zeigt auf meinen Hals. »Sieht sehr gut aus!«

Ich muss lachen und werde rot und mir fällt auf, dass ich bei Sayed im Laden immer gute Laune bekomme, er ist immer nett. Ich zeige ihm den Regenbogen draußen und Sayed sagt immer wieder: »Wunderschön.«

Ich klemme mir den Kürbis unter den Arm und mache mich auf

den Rückweg über die Straße, direkt auf das kleine Café zu, und dann kann ich plötzlich nicht weitergehen. Da, hinter dem Schaufenster, steht die Stehlampe mit den Fransen und genau darunter sitzt:

FELIX.

Als er mich entdeckt, kommt Bewegung in sein Gesicht. Dann ist da noch eine Bewegung hinter der Fensterscheibe: Tanja, Felix' Mutter. Sie winkt mich herein. Als ich vor dem Tisch stehe, scheint Felix peinlich berührt, eben hat er gelächelt, jetzt senkt er wieder den Kopf, sagt nichts, wird rot. Immer wieder muss ich bei Felix von vorn anfangen. Erst gestern standen wir zusammen am Fluss und

haben geredet und heute tut er schon wieder so, als würden wir uns das erste Mal sehen. Ist er wirklich so schüchtern?

»Was habt ihr hier für ein schönes Café«, sagt Tanja.

Ich nicke.

»Und hier gibt es Apfelkuchen. Felix liebt Apfelkuchen, nicht wahr, Felix?«

Felix wird noch röter.

»Ich mag die Lampe«, sage ich. Felix und Tanja gucken daraufhin die Lampe ganz komisch an.

»Wir schauen uns nämlich gerade ein bisschen um in unserer neuen Stadt, endlich machen wir das mal«, sagt Tanja. »Felix kennt ja nur den Schulweg und den Weg zum Kindertreff, wo sein Zeichenkurs stattfindet. Da haben wir gedacht, das ändern wir jetzt, was, Felix?«

Felix sagt nichts. Er guckt auf den Boden.

Tanja holt aus und will etwas sagen, doch da wedelt sie aus Versehen den Teller vom Tisch, er zerspringt auf dem Fußboden in zwei Hälften. Tanja springt aufgeregt auf und läuft zur Kellnerin, Felix sinkt noch tiefer in seinen Stuhl und ich müsste eigentlich längst zu Hause sein, weil Mama auf den Kürbis wartet. Dabei würde ich am liebsten Tanja mit dem Kürbis nach Hause schicken und bei Felix sitzen bleiben.

Plötzlich sagt Felix etwas, aber Tanja, die die Scherben beseitigt, macht Krach dabei. Ich verstehe ihn nicht und lass mich auf den dritten Stuhl am Tisch plumpsen. Felix beugt sich zu mir vor: »Nebenan hat sich jemand einen Autospiegel an das Fenster gemacht, damit er alles beobachten kann. Bescheuert, oder?«

»Es ist eine Frau«, flüstere ich und beuge mich auch ein wenig nach vorn, so weit, dass ich den Duft von Felix' Haaren riechen kann.

»Sie bewacht die schöne bunte Tür, aber sie ist nicht nett.«

»Hier wohnen echt bescheuerte Leute«, sagt Felix.

Ich lehne mich wieder zurück. Das hat er wirklich gesagt: *bescheuerte Leute.*

»Du nicht«, sagt Felix schnell. »Du bist nicht bescheuert.«

Ich weiß, dass meine Gesichtsfarbe jetzt wahrscheinlich genauso aussieht wie der Kürbis in meinem Arm.

Dann geht alles ganz schnell, Tanja bezahlt, Felix zieht sich an und ich muss jetzt wirklich los.

In meinem Kopf macht ein einziger Gedanke Dauerlauf: ICH NICHT! Er findet mich nicht bescheuert! Er hat etwas Nettes gesagt! Und jetzt könnte ich verrückt werden, weil ich den Zettel nicht dabei hab. Es wäre so eine gute Gelegenheit gewesen!

Ich renne die Straße zurück, der Regenbogen am Himmel hat sich verdünnisiert, aber das ist mir egal.

Mama steht schon sauer in der Tür.

»Wie lange dauert das denn!«, ruft sie. Und ich erzähle ihr von meinem Treffen. Und Mama muss lachen, weil ich so strahle, und dann sagt sie:

»Wieso hast du sie nicht gleich zum Abendbrot zu uns eingeladen?«

Und ich könnte auf der Stelle tot umfallen! Wieso ist mir diese Idee nicht gekommen? Es wäre so einfach gewesen! Ich stelle mir vor, wie es wäre, Felix an unserem Tisch, neben mir. UNGLAUB-

LICH! Ich bin DOCH BESCHEUERT! Wieso ist mir das nicht eingefallen? Vielleicht wird ab jetzt alles schön mit Felix? Vielleicht taut er jetzt auf und wir sehen uns regelmäßig? Ich drücke mein Gesicht ins Kopfkissen und juchze hinein.

16. Kapitel

Es ist Mittwoch. Heute ist Zeichenkurs und ich werde Felix sehen. Felix, der mich nicht bescheuert findet! Ich werde in meinem Stadtbild ein Haus zeichnen, ganz für ihn allein, das hab ich mir vorgenommen! Ich gehe durch die Straßen und es regnet und regnet. Alle reden nur über das eine: den Regen. Er hört einfach nicht auf, gestern ist das Wasser über die Ufer des Flusses getreten. Da, wo früher Ufer war, ist jetzt ein See, und er wird größer, heißt es. Da, wo ich mit Felix am Fluss stand, kann man jetzt nicht mehr stehen. Es ist kalt und in meiner Hosentasche befindet sich der Zettel mit meinem Nicht-Gedicht, ein einziger Satz, der alles sagt, was ich gerade bin. Da, wo der Zettel ist, bleibt er warm und ich trage ihn wohlbehalten durch den Regen. Ich habe eine lange Regenjacke an, die bis zum Hals fest geschlossen ist, sogar die Kordel an der Kapuze ist fest zugezogen und verknotet, nirgendwo kommt Wasser hinein. Meine Regensachen sind wie eine Rüstung, wer jetzt mit mir reden will, der muss erst mal anklopfen.

Sayed kommt mit einem Schirm aus seinem Laden, in der Hand trägt er einen Topf, in dem etwas Grünes wächst. Er stellt ihn zu den anderen Töpfen, die unter der aufgespannten Markise stehen, und pflückt mir ein paar Stängel ab.

»Pfefferminzblätter für das kleine Fräulein«, sagt er, gibt mir die Stängel und lacht.

»Pfefferminze?«, frage ich. »Wieso?«

»Pfefferminz gut gegen Regen«, sagt Sayed. »Schnell essen, Pfefferminze kommt aus Gewächshaus, ihr ist zu kalt, du musst sie retten und essen.«

Ich stecke mir ein Pfefferminzblatt in den Mund und kaue darauf herum, es hört zwar nicht auf zu regnen, aber es schmeckt gut, es fühlt sich irgendwie froh an im Mund. Ich bedanke mich bei Sayed und denke, dass ich ihm noch nie etwas geschenkt habe, obwohl ich schon so viel von ihm bekommen habe, einfach so.

An der Stelle, wo die bunte Tür ist, sehe ich schon von weitem viele Leute, die aufgeregt miteinander reden. Was ist da los? Ich beschleunige meinen Schritt und sehe gerade noch, wie zwei Polizisten einen Mann in ein Polizeiauto führen, der Mann hat ganz nasse, strubblige Haare, eine schwarze Kapuzenjacke an und ein ganz merkwürdiges Lächeln im Gesicht. Er lächelt, als ob er etwas geschafft hat, was sonst keiner kann. Auf der Straße krakeelt eine Frau herum, es ist die, die sonst aus dem Fenster guckt, und plötzlich weiß ich, dass der Mann Foffo sein muss. Ich schaue ihn an und er bemerkt meinen Blick. Ich geh auf ihn zu und gebe ihm einen Stängel von der Pfefferminze. Foffo lächelt. Alles geht ganz schnell, als sich die Polizisten umdrehen, bin ich schon wieder auf dem Gehweg und sehe, wie sich Foffo meine Pfefferminzblätter in den Mund schiebt. Dann verschwindet Foffo in dem Polizeiauto und ich guck zu der bunten Tür. Aus dem LAR ist ein LARS FOREV geworden. Er wollte wohl sein Graffiti fertig machen und hat es doch wieder nicht

ganz geschafft. Aber zumindest ist er so weit gekommen, dass ich es jetzt verstehe. Er hat sich große Mühe mit den Buchstaben gegeben, sie sind ganz verschnörkelt, und das O hat ein Gesicht. *Lars*. Ob Foffo in diesen Lars verliebt ist? FOREV soll bestimmt FOREVER heißen, das ist Englisch und bedeutet »Für immer«. Überall auf dem Gehweg stehen Leute und regen sich über Foffo auf, weil er die schöne bunte Tür »vollgeschmiert« hat. Ich gehe lieber weiter, denn heute ist Mittwoch, immer noch, zum Glück.

Wird Felix zum Kurs kommen? Werde ich ihn sehen? Vielleicht traue ich mich heute, ihm den Zettel zu geben? Er fühlt sich in meiner Hosentasche an wie eine eigene kleine Superkraft. Weil die WAHRHEIT darauf steht. Mein Zettel fühlt sich so ähnlich an wie Foffos Graffiti. Weil auf dem Zettel etwas steht, was die ganze Welt verändert, zumindest meine.

Unter dem Garderobenständer vor Jürgens Büro hat sich schon eine Pfütze gebildet, weil das Regenwasser von den nassen Jacken heruntertropft. Als ich meine Jacke dort aufhänge, kommt Jürgen zu mir auf den Flur.

»Sag mal, Roberta, deine Freundin, diese Hedi, kannst du mir sagen, wo sie wohnt?«

Erstaunt drehe ich mich um. »Warum?«

»Ich möchte ihr was schicken.«

»Was denn?«

»Jetzt sei doch nicht so neugierig.« Doch Jürgen schaut sich um, ob noch jemand in der Nähe ist, kommt dann weiter zu mir heran und flüstert: »Ich verrate es dir, ich möchte ihr einen Strauß Blumen schenken.«

Also doch!

»Warum?« Etwas Besseres fällt mir nicht ein.

»Ich will ihr einfach eine Freude bereiten, sie ist so eine nette Dame.«

Ich fasse mir in die rechte Hosentasche und spüre den warmen Zettel, der leise knistert.

»Du hast doch selber gesagt, man darf nicht einfach so Adressen herausgeben!«

Jürgen guckt verdutzt aus der Wäsche, damit hat er nicht gerechnet. Irgendwie fühlt sich das jetzt an wie eine klitzekleine Rache. Hätte Hedi nicht getrickst, wüsste ich wahrscheinlich bis heute nicht, wo Felix wohnt. Und Jürgen hat schon Hedis Telefonnummer, da kann er auf ihre Adresse ruhig noch ein bisschen warten.

»Aber ich kenn doch die Hedi, mir kannst du es doch verraten.« Jürgen zwinkert mir zu.

»Ich frage Hedi lieber vorher. Ich will ja nichts falsch machen«, sage ich und drehe mich zu meiner Jacke. Obwohl sie schon ordentlich an der Garderobe hängt, zuppele ich hier und da an ihr herum, weil ich sonst nicht weiß, wohin mit meiner linken Hand, die rechte passt auf den Zettel in meiner Hosentasche auf. Neben mir höre ich Jürgen stöhnen. »Na gut, dann eben nicht«, murmelt er. Jetzt tut er mir fast leid. Ob er Hedi auch diese komischen Strohblumen schenken will? Ich glaube, die würden ihr gar nicht gefallen.

»Ach übrigens«, sagt Jürgen dann laut. »Dein Malkurs fällt aus, Leo hat sich krank gemeldet. Ich hab schon alle benachrichtigt, aber bei dir ist vorhin niemand ans Telefon gegangen.«

Klar, weil ich nicht mehr zu Hause war, weil ich mal wieder viel

zu früh los gegangen bin, weil ich die Zeit nicht abwarten konnte. Meine Handynummer hat Jürgen wohl nicht, weil damals, als Mama mich zum Kurs angemeldet hat, da hatte ich das Handy noch nicht. Und plötzlich frage ich mich, ob Felix ein Handy hat. Bestimmt hat er eins. Wieso nur haben wir noch nicht einmal unsere Nummern ausgetauscht? Ich nehme meine Hand aus der Hosentasche.

»Wieso?«, frage ich. Und das ist eine blöde Frage, denn wer weiß schon, wieso jemand krank wird. Aber ist Leo überhaupt krank? Ausgerechnet jetzt?

»Das weiß ich doch auch nicht«, antwortet Jürgen. »Kam mir ehrlich gesagt auch komisch vor. So plötzlich, gestern war er noch mopsfidel … na ja. Also, dann bestell mal der Hedi wenigstens einen schönen Gruß!«

Jürgen geht wieder zurück in sein Büro. Ich schaue zu, wie die Tropfen aus meiner Regenjacke auf den Boden tropfen und Bewegung in die Pfütze bringen.

Kein Malkurs! Das bedeutet: kein Felix!

Warten lohnt nicht, denn Jürgen hat ja allen schon Bescheid gesagt, es kommt keiner mehr. Und sowieso weiß Felix als Erster, wenn Leo krank ist, denn schließlich ist seine Mutter die Freundin von Leo. Oder etwa nicht mehr? Wenn das mit Leo und Tanja schiefgeht, ziehen sie vielleicht wirklich wieder zurück? Ich muss tief Luft holen. Vielleicht ist Leo überhaupt nicht krank und es gibt neuen Ärger bei Felix zu Hause? Ich stehe noch eine Weile so da, der Zettel in meiner Hosentasche wird immer schwerer. Ich denke an die Regenbogenstimmung von Montag, wie nett Felix im Café war. Und heute kommt er einfach nicht, das kann doch nicht sein! Ich schnüre

mich wieder in meine Regenrüstung und beschließe spontan, Hedi zu besuchen.

»Soso, meine Adresse wollte der Jürgen haben.« Hedi rührt mit einem kleinen silbernen Löffel in ihrem Tee. Der Zucker hatte, bevor sie ihn in die Tasse gab, die Form eines Herzens. Es gibt auch Zucker in Kleeblattform in der kleinen Zuckerdose mit Deckel.

»Was meinst du, soll ich sie ihm geben?«

»Was willst du denn mit Jürgen?«

»Ich könnte mit ihm spazieren gehen, reden, er scheint sich für die Oper zu interessieren, ich rede gern mit anderen Menschen über Musik und gemeinsam Musik hören ist manchmal auch ganz schön.«

Hedi und Jürgen in der Oper, das kann ich mir irgendwie schwer vorstellen.

Ich erzähle ihr von unserer Begegnung im Café und was Felix gesagt hat, wenn auch ganz leise. Hedi klatscht wieder mal in die Hände, mindestens dreimal hintereinander.

»Warum hast du Felix da nicht gleich deinen Zettel gegeben?«

»Weil ich ihn nicht dabeihatte!«

»Dann bring ihn doch jetzt hin! Nur Mut! Du kannst meinetwegen wieder Aldo mitnehmen, zur Tarnung, du könntest so tun, als gingest du Gassi, wie schon einmal, was meinst du?«

Ganz langsam kullern die Worte an mich heran, andauernd bin ich heute mit meinen Gedanken sonstwo.

»Man kann heute einfach kein vernünftiges Gespräch mit dir führen!«, sagt Hedi und ich muss lachen.

»Ach nein!«, ruft Hedi mit einem Mal und reißt vor Schreck ihre Arme in die Luft. »Ich kann dich doch nicht mit Aldo zu Felix schicken! Der wohnt doch stadtabwärts, am Fluss? Vorhin erst kam eine Warnung im Radio, dass man sich besser nicht in der Nähe des Flusses aufhalten soll. Die Bewohner da unten fangen schon an, ihre Häuser mit Sandsäcken abzudichten. Ach, ach, viel zu gefährlich, dich jetzt dahin gehen zu lassen, Roberta. Dann musst du doch noch warten mit deinem Zettel.«

Ich guck Hedi an. Aber dann ist Felix ja vielleicht in Gefahr, denke ich. Hedi, die anscheinend meine Gedanken lesen kann, sagt sofort:

»Wahrscheinlich ist Felix sowieso nicht zu Hause. Vielleicht ist seine Mutter mit ihm woandershin gegangen, zu Freunden oder Verwandten, bis sich der Fluss zurückgezogen hat. Die passen schon auf. Aber du gehst da jetzt nicht hin.«

Meine Gedanken verirren sich schon wieder, sie suchen Felix' Augen, die unter seinen langen Haaren versteckt sind. Und dann muss ich gehen, ich bin einfach zu unruhig und in dem Zustand bestimmt kein schöner Besuch für Hedi: ein Gast, der immerzu mit den Gedanken woanders ist.

17. Kapitel

Ich kann den Regen nicht mehr sehen. Ich mag das Geräusch nicht mehr hören. Es hat genug geregnet. Auf dem Fußweg reiht sich Pfütze an Pfütze und nie weiß man vorher, wie tief sie ist. Manchmal verschwinden meine warm gefütterten Gummistiefel bis zum oberen Rand im schmutzigen Wasser. Ganz automatisch habe ich den Weg in Richtung Shakespearestraße eingeschlagen. Ich höre noch Hedis Worte in meinen Ohren und doch laufe ich weiter. Was soll schon passieren? Im Fluss wohnen ja keine Monster, und wenn ich ein Hochwasser sehe, renne ich eben weg. Hier ist ja auch alles nass und die Stadt steht noch. Und direkt an den Fluss will ich schließlich nicht. Die Shakespearestraße wird schon nicht unter Wasser stehen.

Ich laufe und sehe dabei zu, wie meine roten Stiefel in das schmutzige Wasser eintauchen, wieder auftauchen und in der nächsten Pfütze verschwinden. Es kommt mir vor, als läge der Tag, an dem ich Felix zum ersten Mal gesehen hab, Jahre zurück. So lange ist das jetzt her, es wird Zeit, dass Felix erfährt, was eigentlich los ist. Ich werde ihm jetzt meinen Zettel in den Briefkasten werfen. Dann weiß er Bescheid. Nichts mit *leg' deine Wang' an meine Wang'*. Aber dann ist es wenigstens raus.

Ich löse meinen Blick von der Pfütze und versuche, geradeaus zu

schauen. Doch auf der anderen Straßenseite lenkt mich eine Bewegung ab. Mühsam bewege ich meinen Kopf unter der zugeschnürten Kapuze.

Und dann ist alles zu spät.

Ich bleibe stehen, dummerweise mitten in einer tiefen Pfütze, kaltes Wasser schwappt oben in den Stiefelschaft. Das Regengeräusch verwandelt sich von einer Sekunde auf die andere in tosenden Lärm. Ich sehe nichts mehr, weil sich zu viele Tränen auf einmal in meinen Augen drängeln. In mir drin wird alles ganz schwarz. Wären die Bäume nicht schon längst vom Sturm kahl gefegt, jetzt wäre der Moment, an dem sie auf einen Schlag alle Blätter verloren hätten.

Auf der anderen Straßenseite geht Felix. Er hat den Arm um eine Person gelegt, die neben ihm geht. Es ist Vanessa-Loch-Nessie. Sie lachen.

SIE LACHEN!

Was Felix mit mir nicht geschafft hat, scheint mit ihr ganz einfach zu sein.

»Pass doch auf und steh nicht im Weg«, knurrt es neben mir und ein Arm drängelt mich weg. Noch ein Schwall Wasser platscht mir in den Stiefel. Aber eigentlich merke ich das gar nicht mehr richtig, meine Füße gehören nicht mehr zu mir, meine Füße, die stehen gerade irgendwo in der Antarktis herum, meine Arme sind in der Sahara, mein Bauch, der plumpst gerade auf den Grund unseres Flusses und mein Kopf, der ist im Weltall und löst sich auf. Ich bin unfähig, mich zu rühren. Wie soll ich jetzt wieder nach Hause kommen? Der Zettel in meiner rechten Hosentasche vibriert nur noch

ganz leicht, nur noch ganz schwach, und dann spüre ich ihn nicht mehr. Es ist zappenduster in mir und um mich herum. Vanessa und Felix sind stehen geblieben. Vanessa dreht mir ihren Rücken zu. Vor ihr steht Felix, mit dem Gesicht zu mir. Er redet mit ihr, er lächelt, er bewegt seine Lippen, er redet viel.

Mit IHR redet er viel.

Er streicht sich die Haare aus dem Gesicht und steckt sie hinters Ohr. Und ich steh da wie eine Statue, aber nicht so eine schöne weiße aus Marmor wie im Museum, sondern eine mit Regen begossene Statue mit Regensachen und nassen Füßen in Gummistiefeln. Da bemerkt Felix mich. Er sieht zu mir rüber und leider kann ich an seinem Gesicht nicht ablesen, was er jetzt denkt, denn dafür ist die Entfernung zu groß. Felix winkt und macht Zeichen mit den Händen, doch ich kann es nicht erkennen, da ist Wasser in meinen Augen, das soll Felix nicht sehen, sonst denkt er, ich bin eine Heulsuse, aber wahrscheinlich denkt Felix überhaupt nicht über mich nach. Er hat ja Vanessa. Ich drehe mich um und renne los.

Wenn ich gewusst hätte, dass das Verliebtsein so endet, dann hätte ich alles versucht, nicht verliebt zu sein! Aber jetzt ist es zu spät. Jetzt steht dieses Bild in meinem Kopf, Felix, wie er glücklich mit Vanessa-Loch-Nessie durch den Regen spaziert. Dieses Bild hat sich mit Widerhaken in meinen Kopf gebrannt, es geht nicht mehr weg. Ich renne die Stufen zu unserer Wohnung hinauf und dann fällt mir viermal der Schlüssel runter, als ich die Wohnungstür aufschließen will. Davon muss ich noch mehr weinen. Ich höre, wie im Hausflur unter mir eine Tür aufgeht. Jemand lauscht. Ich presse die Hand auf

den Mund. Endlich in der Wohnung drin halte ich es nicht mehr aus: Ich muss brüllen. Erst kommt so ein komisches Stöhnen aus meinem Mund, es klingt ein bisschen wie Grunzen, und dann wird es immer lauter, immer höher rutscht meine Stimme, immer höher. Ob man mit Schreien wirklich Glas zerspringen lassen kann? Ich schwitze, ich will raus aus den Regensachen, aber weil ich viel zu hastig zerre, verknotet sich die Kordel, ich stecke fest. Ich zerre und zerre und lass mich schließlich im Flur auf den Boden fallen.

Es ist WUT!

Ich bin so unglaublich, unfassbar wütend. Die Wut steckt in meiner Regenjacke und nimmt immer mehr Raum ein, aber die Jacke geht nicht auf, ich bin gefangen in meiner Wut. Niemals hätte ich geahnt, dass so viel Wut in mir drin ist, und ich frage mich, wo sie die ganze Zeit geschlafen hat. Sie kribbelt in meinen Beinen. Ich renne in mein Zimmer, immer noch in den Regensachen, nur die Gummistiefel habe ich ausgezogen. Das Erste, was ich sehe, ist mein Kissen, ich greife es und schmeiße es gegen die Wand. Ich bin so wütend! Ab jetzt werde ich nicht mehr in Felix verliebt sein! Was bildet der sich ein? Das war ja klar, die tolle Vanessa, sie schafft es, mit dem traurigen Felix zu gehen! Bei mir kriegt er den Mund nicht auf und mit ihr, da kann er lachen! Aber das lass ich mir nicht mehr bieten, bitte schön, wegen mir kann Felix zurückgehen, dahin, wo er herkommt.

Ich liege auf dem Bett und mir fällt die Kiste ein. Ich strecke den Arm aus und hole sie vor und öffne sie. Zum ersten Mal gefällt mir etwas an seinem Bild nicht, wie Felix da im Kursraum sitzt, den Kopf halb gesenkt, abgewendet von allen. Ich denke nicht nach, ich zer-

fetze das Bild in lauter Schnipsel. Der Herz-Stein fühlt sich kalt an, ich öffne kurz entschlossen das Fenster und schmeiße den Stein hinaus, im hohen Bogen. Das Bonbon stecke ich mir einfach in den Mund, doch es schmeckt komisch, also spucke ich es wieder aus. Felix ist vorbei. Ich lass mich rücklings auf mein Bett fallen, immer noch in meiner Regenjacke, die ich nicht mehr öffnen kann und die jetzt unerträglich warm geworden ist, fast wie ein Gefängnis.

Und dann steht Mama einfach so im Türrahmen, sie sagt nichts und lässt den Blick wandern, von mir auf den Boden, wo die Schnipsel liegen. Dann kommt sie zu mir und legt mir die Hand auf die Stirn. Sie versucht, meine Regenkapuze zu lockern, und merkt, dass der Knoten einfach nicht aufgeht. Ich will etwas sagen, aber es kommt nur Krächzen aus meinem Hals. Mama geht raus und kommt mit einer Schere wieder. Kurzerhand schnippelt sie mich aus dem Regenkleidungsgefängnis. Untendrunter bin ich total nass geschwitzt. Sie zieht mich ins Bad, dreht die Heizung auf und lässt Wasser in die Wanne. Wenige Zeit später liege ich im warmen Wasser, Mama sitzt neben der Wanne, den Kopf auf die Arme gestützt.

»Manchmal ist Wut gut«, sagt Mama.

Ich nicke und schwappe mir Wasser ins Gesicht. Ich fühle mich immer noch so, als hätte ich zu lange von ganz Nahem in ein Feuer geguckt.

»Was machst du denn jetzt mit Felix? Um den geht es doch, oder?«

»Der kann mir mal gestohlen bleiben«, antworte ich, doch mit dieser Antwort stimmt irgendwas nicht. Ich brauch bloß daran zu denken, dass ich Felix nie wieder sehen will, und sofort meldet sich

etwas in mir, das sagt, nein, das schreit: Bloß nicht, bloß nicht, das halte ich nicht aus! Ich denke daran, wie Felix mit Vanessa gelacht hat, und das tut weh, aber fast im selben Moment denke ich daran, wie ich ihn das erste Mal gesehen hab und wie ich gedacht hab, ich fall tot um, weil ich mich auf der Stelle in ihn verliebt hab und sofort das Gefühl hatte, ich müsste jetzt sofort zu ihm rennen, bei ihm sein, ihn angucken, seine Stimme hören. Es ist ausweglos.

Felix hat sich in meinem Kopf VERBARRIKADIERT!

Unglücklich starre ich in das Badewasser, ziehe mit dem Finger Linien durch den Seifenschaum.

»Kann man eigentlich messen, wie groß eine Liebe ist?«

Mama sieht mich erstaunt an. »Du kannst Fragen stellen. Also, ich glaube nicht. Ich denke, Liebe, das fühlt sich für jeden anders an. Wie ist das denn bei dir? Ist deine Liebe für Felix jetzt kleiner, seit du ihn mit diesem anderen Mädchen gesehen hast?«

Mama hat genau die richtige Frage gestellt und diese Frage kann ich sofort ganz klar mit NEIN beantworten. Ja, ich bin wütend, ja, ich bin enttäuscht, aber das ändert nichts daran, dass ich in Felix verliebt bin. Ich wünsche Felix auf den Mond und gleichzeitig sehne ich mich danach, ihn zu sehen. Wütend, enttäuscht UND verliebt sein ist noch anstrengender als NUR verliebt sein.

Man kann nicht plötzlich nicht mehr verliebt sein, das geht nicht.
Für das Verliebtsein gibt es keinen An/Aus-Knopf.
(Aber wie lange dauert es, bis das Verliebtsein verschwindet?)

Nach dem Bad liege ich mit Mama auf der Couch und wir gucken fern. Irgendwas. Die Bilder rauschen an mir vorbei, plötzlich denke ich, ich sehe Felix im Fernseher, aber es ist nur ein Junge, der ihm ähnlich sieht. Was gucken wir eigentlich, irgendeinen Bericht über irgendwas. Ich gucke zu Mama, die schaut zwar zum Fernseher, ist aber mit ihren Gedanken auch irgendwo anders. Ich nehme die Fernbedienung und stell den Ton leise. Mamas Augen kehren langsam wieder zurück.

»Weißt du, Roberta, ich versuche seit Tagen, mich daran zu erinnern, ob ich als Kind einmal richtig verliebt war, so wie du. Ich habe ja verstanden, dass du wirklich bis über beide Ohren verknallt bist. Aber ich kann mich nicht erinnern, ob es mir auch so ging. Ich weiß noch, wann und wen ich das erste Mal geküsst habe, aber das war viel später und verliebt war ich nicht in den. Als ich meinen ersten Freund hatte, da war ich siebzehn. Aber was davor war, ich weiß nicht.«

Mir steigen wieder die Tränen hoch, es kitzelt in der Nase und ich vergrabe mich in Mamas Arm.

»Es ist auf jeden Fall etwas ganz Besonderes, was du fühlst.«

Ich merke, wie mir ein Tropfen in den Nacken läuft, Mama weint auch. Doch dann zieht sie die Nase hoch, wischt sich über das Gesicht und sagt:

»Weißt du was, der Schokoriegel für Verliebte hat jetzt einen Namen.«

Ich wisch mir übers Gesicht und sehe Mama gespannt an.

»Er heißt – tadaaa – *Mein süßes Herz.*«

Ich muss lachen, weil das wirklich komisch klingt. Mama muss

auch lachen, wir sitzen und lachen und weinen, alles auf einmal. Es ist etwas mit mir passiert, ich bin nicht mehr wie früher, und das ist alles wegen Felix. Alles wegen ihm. Wenn ich Felix nie getroffen hätte, dann wäre ich noch die alte, kleine Roberta. Aber die will ich nie wieder sein. Auch wenn Felix mich nicht liebt.

Ich kann mich nicht mehr ohne Felix denken. Das war schon so, seit ich Felix das erste Mal gesehen habe. Aber jetzt, seit ich weiß, dass er mit Vanessa geht, ist es anders. Vorher wusste ich ja auch nicht, ob Felix mich auch mag oder nicht, aber als ich noch nicht wusste, dass Felix mit Nessie ... da war das Denken an ihn immer voller Aufregung. Ich hatte die Superkräfte! Jetzt hab ich keine Superkräfte. Ich fühle mich ganz schwach. Früher dachte ich immerzu: Ob er mich liebt, ob er mich liebt, ob er mich liebt? Jetzt denke ich: Warum nur liebt er mich nicht, warum nur liebt er mich nicht, warum nur liebt er mich nicht? Und das Schlimme ist, für diese Frage gibt es nirgendwo eine Antwort.

Hedi hat versucht, mich zu trösten, sie hat gesagt, dass es ohne den Liebeskummer die schönste Kunst nicht gäbe, weil nur aus Liebeskummer würden Komponisten die wunderbarste Musik komponieren, die durch die Ohren und direkt ins Herz geht. Nur aus Liebeskummer würden Dichter solche Verse schreiben können, dass man auf der Stelle nasse Augen bekommt, wenn man sie liest.

Ich habe Liebeskummer, aber ich kann NICHTS. Ich kann keine Musik komponieren und keine Verse schreiben. Ich habe nicht einmal mehr Lust auf Zeichnen, und ob ich nächsten Mittwoch zum Malkurs gehe, das steht noch nicht fest. Wahrscheinlich ertrage ich

es nicht, wenn Felix da sitzt und glücklich aussieht, weil er die ganze Zeit an Loch-Nessie denkt. Das möchte ich lieber nicht sehen müssen.

Ich geh zur Schule, ich schlurfe nach Hause und dort liege, stehe oder sitze ich rum. Die Wut kommt nur noch manchmal. Hedi hat auch gesagt, dass es mit der Zeit besser werden wird, dass Felix' Gesicht, das immerzu vor meinem inneren Auge steht, mit der Zeit immer blasser werden wird. Das ist so bei unerfüllter Liebe, sagt sie, die Erinnerung an den Liebsten wird blasser und irgendwann geht er raus aus dem Kopf.

MEIN KOPF OHNE FELIX. Nee.

Und überhaupt glaube ich Hedi kein Wort. Ihr Helmar ist auch nicht aus ihrem Kopf und aus ihrem Herz verschwunden, der ist da auch immer noch drin. Auch Hedi hat immer noch Liebeskummer.

Ich finde Liebeskummer absolut ÜBERFLÜSSIG.

Auch wenn er der Grund für die schönsten Kunstwerke ist. Aber wenn man keine Künstlerin ist, wozu braucht man dann Liebeskummer? Stattdessen tanzen die ganze Zeit unbeantwortbare Fragen in meinem Kopf: Warum liebt er mich nicht? Warum gibt es Liebeskummer? Wie kriegt man ihn weg? Kann ich mich jemals wieder freuen?

18. Kapitel

Es klingelt an der Tür. Mamas Arm mit dem Löffel, den sie gerade zum Mund führen wollte, steht in der Luft. Ich habe den Teller schon ein Stück von mir weggeschoben, denn ich habe keinen Hunger. Mama drückt den Türsummer und kurze Zeit später hören wir, wie jemand die Treppe heraufgerannt kommt. Und als Felix' Mutter bei uns im Flur steht, fühlt es sich an wie … nicht echt. Tanja hat zerzauste Haare, überall rote Flecken im Gesicht und Angst in den Augen.

»Ist Felix vielleicht hier?«

Ihre Stimme ist atemlos und überschlägt sich beim Sprechen, als ob sie gleich zu weinen beginnt. Und ich glaub, ich höre nicht richtig. Ich sehe Felix ja die ganze Zeit vor mir, er ist in meinem Kopf drin, bei mir ist er ja permanent irgendwie da. Aber wie es aussieht, ist er im richtigen Leben, also bei sich zu Hause, nicht mehr da.

Mama und ich schütteln den Kopf.

»Verzeih, dass ich hier so reinplatze, ich war schon bei Frau Klingenberg, also Hedi, sie hat mir eure Adresse gegeben, sie und Jürgen suchen schon nach Felix. Er ist spurlos verschwunden und es ist doch Hochwasser. Wenn ihm etwas passiert!«

Mit zwei Schritten ist Mama bei Felix' Mutter und streichelt ihr beruhigend den Rücken.

»Wir haben uns gestritten. Wegen Leo und des Umzugs ...«

»Schon gut«, sagt Mama. Sie guckt mich ernst an und ich nicke. Im nächsten Moment ziehen wir alle wieder unsere Regenjacken an, zum Glück habe ich noch eine zweite, denn die eine ist ja nun zerschnippelt – wegen Felix. Auf der Straße treffen wir Hedi und Jürgen. Jürgen trägt einen Plan vor, wer in welcher Richtung suchen soll.

»Wie gut kennt sich Felix denn schon aus in der Stadt?«, fragt Hedi.

Tanja zuckt mit den Achseln und fängt wieder an zu weinen.

Dann kommt Leo um die Ecke. Und neben ihm: Vanessa-Loch-Nessie. Das glaub ich jetzt nicht. Was will DIE hier? Leo kommt näher und schaut betreten nach unten, genauso Felix' Mutter. Sie haben sich also richtig gestritten, doch Leo berührt Felix' Mutter ganz sachte am Arm.

»Nessie und ich, wir durchsuchen das ganze Gelände rund um den Kinder- und Jugendtreff, ja?«

»Nessie und ich«, wie es scheint, verstehen sich ALLE super mit Loch-Nessie. Ich kann gar nicht zu ihr hingucken, das kann ich nicht, wenn ich sie anschaue, muss ich daran denken, wie Felix mit ihr gelacht hat, aber NICHT mit mir.

»Was machst DU denn überhaupt hier«, rutscht es plötzlich aus mir heraus. Mama guckt mich erstaunt an. Das ist wohl nicht so nett rübergekommen.

»Vanessa ist meine Tochter«, sagt Leo. »Das weißt du wohl gar nicht?«

Ich schüttele den Kopf. Nessie guckt mich unsicher an.

Loch-Nessie ist Felix' Stiefschwester!

Ich bin so BLÖD!

Ich sehe, wie Mama erstaunt die Augen aufreißt.

Dann ... dann ... Ich schließe die Augen und sage nichts mehr. Wieso hab ich das nicht gewusst? Deswegen habe ich Nessie auch in der Shakespearestraße gesehen, jetzt wird mir alles klar. Mama zwickt mich in den Arm.

»Siehst du, alles ist gut«, raunt sie mir ins Ohr. Hedi schickt mir noch einen bedeutungsvollen Blick.

Tanja und Mama wollen rund um die Schule nach Felix suchen, ich soll mitkommen. Hedi und Jürgen wollen im Auto die Straßen abfahren, zumindest da, wo man noch langkann wegen des Wassers. Alle tauschen noch ihre Handynummern.

Ich trotte hinter Mama und Tanja her. Mama hat eine Hand auf Tanjas Rücken und spricht auf sie ein. Ich guck auf die Hand und überlege: Wo soll man Felix sonst noch suchen? Entweder ist er an einem der Plätze, wo wir jetzt alle hingehen. Oder er hat sich irgendwo in der Stadt verlaufen. Oder er hat sich ein Ticket gekauft und sitzt heimlich im Zug irgendwohin, wo wir ihn sowieso nie finden. Wo würde ich mich verstecken, wenn ich in einer fremden Stadt wäre? Wenn Felix sich überhaupt verstecken will. Wahrscheinlich würde ich irgendwohin gehen, wo etwas ist, was ich kenne, was mich an etwas Schönes erinnert und wo ich das Gefühl habe, ich bin unerreichbar für den Rest der Welt. Vielleicht ist er auch in seine alte Heimatstadt gefahren? Ich muss an den Nachmittag denken, als ich bei Felix zu Hause war und dann heulend weggelaufen bin. Ich stopfe meine Hände tief in die

Taschen. »Wir saßen hoch oben, da wo sich keiner hingetraut hat«, das hat Felix erzählt und mit einem Mal hab ich eine Idee. Ein Spielplatz mit einem riesigen Kletterturm, na klar, den haben wir hier auch und der ist gar nicht so weit weg von der Shakespearestraße. Dort könnte Felix doch sein! Und ganz plötzlich hab ich wieder so eine Superkraft in mir. Ich verlangsame meinen Schritt, immer langsamer, immer langsamer, und dann biege ich ganz schnell rechts ab. Mama und Tanja bemerken nichts.

Felix Feyerabend, ich komme. Jetzt kommt Roberta Bansin!

Als ich die Hauptstraße in Richtung Fluss hinuntergehe, erschrecke ich wirklich. So etwas habe ich noch nie gesehen, und bis jetzt dachte ich, die übertreiben in den Nachrichten, wenn sie von dem Hochwasser berichten. Ganz unten auf der Straße steht das Wasser schon. Da, wo die Autos fahren, ist es noch ganz flach, noch ist es nicht bis über den Bürgersteig geschwappt, der Gehweg ist trocken, aber die Straßenbahnschienen stehen schon unter Wasser.

Die Straße steigt leicht an, ich bin weiter oben, bis hierhin hat es das Wasser noch nicht geschafft. Aber der Spielplatz ist da unten, am Fluss, ich muss dem Wasser also entgegengehen.

Wenig später stehe ich mit meinen Schuhen genau vor der Wassergrenze. Bilde ich mir das ein oder kann ich wirklich sehen, wie das Wasser millimeterweise vorrückt? Es ist ziemlich still, aber unter dem Wasser gurgelt es leise. Einmal war ich mit Mama an der Nordsee, und wenn die Flut kam, konnte ich stundenlang am Deich stehen und zusehen, wie mir das Wasser entgegenkam, unaufhaltsam, gurgelnd, wie das Watt aufgeregt knisterte, bis das Wasser es

schließlich komplett bedeckte. Ob Felix auch schon mal an der Nordsee war?

Das Wasser, das in der Straße steht, sieht friedlich aus, aber wenn es in die Häuser läuft, wird alles klamm und nass und die Möbel gehen kaputt. Alle haben Angst davor, dass das Wasser in ihre Wohnungen kommt.

Ich biege in die Turmstraße ein, die ist noch trocken, von hier aus komme ich sicher zum Spielplatz. Ich werde schneller und gucke mir alle Leute auf der Straße ganz genau an, Felix sehe ich nirgends. Da vorn geht es rechts auf eine Wiese und dort befindet sich der Spielplatz. Doch genau dort geht es nicht mehr weiter. Denn die Wiese steht auch schon unter Wasser. Angestrengt schaue ich rüber zum Spielplatz, hoch auf das Klettergerüst. Es ist aus Holz und sieht ein bisschen aus wie eine Ritterburg. Bewegt sich da oben etwas? Da ist doch ein Kopf? Ist es ein Kopf? Es könnte Felix sein. Ach was, ich bin mir sicher, dass Felix da oben ist, ich weiß es einfach, und wer sollte es sonst wissen, schließlich bin ich in ihn verliebt!

Die Leiter, die zum Klettergerüst hinaufführt, steht im Wasser. Wenn ich die Leiter hinaufwill, muss ich durchs Wasser, aber dann hab ich eine nasse Hose. Ich könnte die Hose ausziehen, sie mir um den Hals wickeln und oben auf dem Gerüst wieder anziehen, aber dann würde ich hier im Schlüpfer stehen und das wäre ja nun richtig peinlich. Ich schaue hoch und da sehe ich Felix, wie er sich oben über den Rand des Klettergerüstes beugt und mich mit einem Gesicht anschaut, das ich kaum beschreiben kann. Der Ausdruck darin ist eine Mischung aus »Geh weg!« und »Endlich kommst du!« Mei-

ne ganze Wut ist mit einem Mal vergessen, ich winke zaghaft. Und plötzlich bin ich mir ganz sicher, dass es richtig ist, was ich tue, und ganz bestimmt ist es kein Zufall, dass ich Felix gefunden habe, denn eins ist immer noch wahr:

Ich bin in Felix VERLIEBT. Er ist mir nicht egal und ich will ihm helfen.

Ich ziehe mir die Gummistiefel aus, stopfe meine Socken in sie hinein, krempele die Hosen hoch, so weit es geht, und halte die Stiefel hoch über den Kopf. Dann gehe ich los, ins Wasser.

Es ist EISKALT!

Plötzlich denke ich, dass es saublöd ist, was ich hier mache, aber ich gehe trotzdem weiter. Die Pfütze wird tiefer und schließlich wird mein Hosensaum doch nass. Doch dann erreiche ich die Leiter. Ich klettere vorsichtig hoch, die Holzsprossen sind ganz glitschig.

Weil ich die Gummistiefel festhalten muss, dauert es eine Weile, bis ich oben ankomme, und mindestens zwei Mal rutsche ich ab und falle beinahe runter. Um auf die Plattform an der Spitze des Klettergerüstes zu kommen, muss ich mich auf den Bauch legen und mich mit den Armen weiterziehen. Anstatt mir zu helfen, kauert Felix mit verschränkten Armen an dem Pfahl, der in der Mitte der Plattform in die Höhe ragt. Er hockt da und sagt nichts.

»Alle suchen dich!«

Ich sage das viel lauter, als ich eigentlich will, und wie erwartet bleibt Felix still. Das kann er ja gut, nichts sagen.

»Wer alle?«

»Na, alle. Als ob dich hier niemand kennt. Alle suchen dich und machen sich Sorgen.«

Ich versuche, die nasse Hose an den Beinen auszuwringen, meine Beine sind eiskalt. Mühselig zerre ich die trockenen Socken über meine nassen Füße und rein in die Gummistiefel. Wohltuende Wärme breitet sich an meinen Füßen aus, aber der Rest ist kalt. Ich rubbele meine Beine. Felix schaut mir stumm zu.

»Das hättest du nicht tun müssen«, sagt er. Eigentlich hätte er doch sagen können: »Schön, dass du da bist«. Das Komische ist aber, dass ich das Gefühl habe, dass er genau das denkt. Felix' schöne Haare sind ganz strähnig und ich kann sehen, dass er geweint hat. Am liebsten würde ich ihn jetzt umarmen, aber das trau ich mich nicht. Da höre ich ein merkwürdiges Geräusch, es kommt von ganz weit her, es grummelt.

»Ist das dein Bauch?«

Felix nickt.

»Ich habe Hunger.«

»Und mir ist kalt«, sage ich.

»Kalt ist mir auch.«

»Wie lange bist du denn schon hier oben?«

»Als ich hier hochgeklettert bin, stand die Wiese noch nicht komplett unter Wasser.«

»Du bist ja verrückt.«

»Ich wollte ja wieder nach Hause gehen«, schnieft Felix. »Aber dann kam ich mir blöd vor, und je länger ich hier oben sitze, desto weniger trau ich mich wieder zurück. Zu Hause werden sie sowieso

meckern … Ich weiß nicht, was ich machen soll. Ich weiß nicht mehr, was richtig ist.«

Jetzt lege ich Felix vorsichtig die Hand auf den Rücken, er sieht aus, als ob er gleich zu weinen anfängt. »Warum hast du niemand angerufen?«, frage ich leise.

»Mein Handy ist mir von hier oben runtergefallen.«

Ich taste nach meinem Handy und hole es aus der Jackentasche. Mama hat mich zwölfmal angerufen. Oje, sie macht sich Sorgen. Aber jetzt muss ich erst mal mit Felix reden, das ist jetzt das Wichtigste. Hier kann er nicht weglaufen. Da muss Mama jetzt mal warten, ich kann es ihr ja hinterher erklären.

Ich hole tief Luft.

»Hier läuft wohl alles schief für dich, was?«

Felix nickt.

Ich lege mich flach auf den Bauch und schau in die Tiefe, wo das Handy jetzt sein Grab gefunden hat. Felix legt sich neben mich, so nah, dass seine Haare ein bisschen an meiner Wange kitzeln, und als er das merkt, rutscht er wieder ein Stückchen weiter weg. So liegen wir da und starren hinunter. Unten steht das Wasser, es sieht jetzt ganz sanft und still aus, wenn man beide Augen zukneift, könnte man meinen, das Wasser wäre warm, was ja nicht stimmt, doch allein die Vorstellung, der Spielplatz wäre eine große Badewanne …

»Warst du schon mal an der Nordsee?«

Felix schüttelt den Kopf.

»An der Nordsee müssten wir jetzt nur ein paar Stunden warten, dann wäre das Wasser wieder verschwunden.«

»Aber eh das Hochwasser wieder weg ist, dauert es bestimmt

Tage. Weißt du, wie schnell Hochwasser kommen und wieder gehen?«

Ich schüttele den Kopf.

»Wir können ja wieder hinunterklettern«, sage ich. »Wenn ich hochgekommen bin, kommen wir auch wieder runter.«

Felix senkt den Kopf.

»Meine Hände sind steif. Und alles ist glitschig.«

Ich nicke.

»Können wir noch ein bisschen warten?« Felix' Stimme klingt ganz zaghaft.

Ich glaube, es ist blöd, hier in der Kälte zu sitzen und zu warten. Aber jetzt, hier oben, ist mir Felix näher als je zuvor. Da renn ich doch nicht wieder weg. Da bleib ich, ganz egal ist es da, dass ich friere.

»Deine Lippen sind schon ganz blau«, sagt Felix. Und dann merke ich, dass ich mit den Zähnen klappere.

»Macht nichts«, sage ich.

Felix macht seinen Schal ab und gibt ihn mir. Ich wickele ihn um meine Beine, er passt drei Mal um sie herum.

»Was, wenn du krank wirst?«, sagt Felix.

Plötzlich landet etwas auf meinem Handrücken und auf Felix' Haar, überall sind kleine, zarte, duftige, weiße Gebilde in der Luft, wie Mini-Mini-Mini-Häkeldeckchen, solche, wie sie bei Hedi überall herumliegen.

»Es schneit«, sagt Felix.

»Ja doch«, lache ich.

»Ach, Roberta«, sagt Felix. Zum ersten Mal hat er meinen Na-

men ausgesprochen und es klingt, als flattere eine luftige Girlande an meinem Ohr vorbei. Es kribbelt, alles ist wieder da, wie ganz am Anfang, als Felix plötzlich im Zeichenkurs stand: Das Schöne, die Superkraft und die Aufregung. Ich strecke mein Gesicht in den Himmel, einige der Schneeflocken landen darauf, sie räkeln sich einmal kurz auf meiner Haut und dann schmelzen sie. Felix streckt die Zunge raus und eine Schneeflocke landet auf ihr und schmilzt im nächsten Moment.

»Wieso hast du mir nicht erzählt, dass Vanessa deine Stiefschwester ist?«, frage ich.

»Hab ich nicht? Ist das wichtig?«

Ich seufze, so als ob ich etwas Großes geschafft habe, wie nach einem riesigen Berg Hausaufgaben.

»Nessie ist in Ordnung, sie versteht, dass ich sauer bin, wegen des Umzugs und allem. Ich streite mich andauernd mit Leo. Und bei dem letzten Streit, da hat er gesagt, er kommt erst wieder zurück, wenn ich mich mit ihm vertrage, aber da hatte ich keine Lust drauf, und dann war Mama sauer auf mich und dann haben wir uns ganz laut angeschrien. Eigentlich wollte ich gar nicht weglaufen, aber dann war es zu spät, ich konnte nicht umkehren, was hätte ich denn sagen sollen …? Ach, alles ist blöd.«

»Manchmal sind Dinge, die blöd sind, irgendwann nicht mehr blöd«, sage ich und merke gleich, was das nun wieder für ein BLÖDSINN ist, den ich da von mir gebe. So kann man ja niemanden trösten.

»Es war echt bescheuert von mir, bei dem Hochwasser hier raufzuklettern.« Felix sagt es ganz leise.

»Weil hier eben echt viele Bescheuerte wohnen, du gehörst jetzt dazu«, antworte ich. Jetzt muss Felix grinsen.

Ich hebe meinen Arm und zeige auf die Stadt. »Guck, da hinten, da ist das Dach meiner Schule.«

Felix guckt meinem Finger hinterher.

»Meine Schule liegt da.«

»Und wo ist der Kinder- und Jugendtreff?«

»Dort irgendwo, oder?«

»Du kennst dich doch schon richtig gut aus hier!«

Felix lächelt.

Ich kneife meine Augen zusammen. »Wenn du richtig guckst, siehst du keine Häuser mehr, sondern nur Striche. An der Wand gerade hoch, zum Dach schräg hinauf, alles Striche, siehst du es? Ein Fenster sind vier Striche.«

Felix murmelt was.

»Das versuche ich zu malen.«

»Ich weiß«, sagt Felix. »Es sieht verrückt aus.«

»Wenn man ganz viele kleine Ministriche auf einen Haufen zeichnet, sieht es irgendwann aus wie eine Baumkrone.«

»Stimmt. Muss ich auch mal probieren. Ich male sonst immer Sachen, die ich mir ausdenke.«

»Hab ich gesehen«, sag ich.

Felix guckt fragend.

»An deiner Wand in deinem Zimmer.«

»Ach ja, du warst ja schon mal bei mir.«

Ich nicke.

»Wenn du mal wieder kommst, zeig ich dir noch mehr Bilder.«

Ich muss tief Luft holen, so glücklich bin ich, und plötzlich merke ich es, da meldet sich ein Signal aus meiner rechten Hosentasche, mein Zettel. Der ist da immer noch. Jetzt oder nie. Ich hole ihn raus und strecke ihn Felix entgegen, Vorlesen schaff ich jetzt einfach nicht, das wäre dann doch zu viel.

Felix guckt verdattert, er nimmt den Zettel, umschließt ihn mit seiner Faust, doch er öffnet ihn nicht sofort. Ich verschlucke mich vor Aufregung.

Und dann ist es zu spät, der kurze Augenblick ist vorüber.

Jemand ruft, jetzt höre auch ich es, wir gucken nach unten und vor der Wiese, da wo das Hochwasser noch nicht hingeflossen ist, da steht Hedi, sie winkt wie verrückt und schlägt die Hände über dem Kopf zusammen, beides abwechselnd. Und da ist auch Mama, sie winkt auch, neben ihr stehen Jürgen, Leo, Tanja, Vanessa, Marlene und sogar Moritz und ein paar andere aus dem Malkurs. Hat sich ganz schön schnell herumgesprochen, dass Felix und ich verschwunden sind. Alle winken wie verrückt und lachen. Sie haben uns gefunden. Mama schickt Kusshände zu uns hoch.

Leo brüllt, dass wir runterkommen sollen, und ich brüll zurück, dass wir ganz kalt und steif gefroren sind. Hedi brüllt, wir sollen durchhalten. Plötzlich rennt sie los, hin zur Straßenkreuzung. Sie wedelt ganz wild mit den Armen. Da steht eine Feuerwehr an der Ampel. Plötzlich setzt die Feuerwehr einen Blinker und biegt ab und fährt genau vor den Spielplatz. Alle reden wie wild auf den Feuerwehrmann ein. Der guckt zu uns hoch. Was haben die vor?

Felix und ich, wir setzen uns ganz an den Rand des Klettergerüstes. Felix nimmt plötzlich meine Hand. Wenn wir jetzt fliegen könn-

ten! Ich kann mir kein bisschen mehr vorstellen, dass ich erst gestern so wütend auf Felix gewesen bin. In diesem Moment könnte ich ewig hier mit Felix stehen, zumindest bis zum nächsten Frühling, wenn die Fontäne wieder anspringt.

Plötzlich fährt das Feuerwehrauto seine riesige Leiter aus, die quer über die überschwemmte Wiese reicht. Ganz oben ist ein großer Korb dran, in dem der Feuerwehrmann steht. Er kommt grinsend immer näher.

»So ihr beiden, auf Wunsch der Dame da unten will ich euch mal vor dem Hungertod hier oben retten!« Er lacht laut. »Das ist eine Ausnahme, hört ihr! Eigentlich muss ich Keller leer pumpen. Also, dann ab mit euch!« Der Feuerwehrmann zwinkert uns zu.

Wir klettern zu ihm in den Korb. Es dauert eine Weile und ich weiß nicht, ob das ein bisschen peinlich ist, mit der Feuerwehr von einem Spielplatz-Klettergerüst gerettet zu werden? Aber egal. Wenn ich ehrlich bin, fühlt es sich toll an, mit Felix hier zu stehen und langsam wieder runterzufahren. Es kitzelt im Bauch. Wie ein Königspaar schweben wir der Erde entgegen und alle freuen sich, dass wir kommen. Die Schneeflocken sind wieder verschwunden.

Als ich wieder zu Felix schaue, sehe ich, dass er meinen Zettel auseinandergefaltet hat. Sofort werde ich wieder rot, im Rotwerden hab ich inzwischen bestimmt den Rekord geschafft. Doch Felix schaut auf, sieht mich an, streicht seine Haare hinters Ohr und lächelt plötzlich, so richtig weich und breit. So ein Lächeln habe ich noch nie auf seinem Gesicht gesehen.